琼瑶

作品大合集

我是一片云

琼瑶

著

作家出版社

琼瑶，本名陈喆，作家、编剧、作词人、影视制作人。原籍湖南衡阳，1938年生于四川成都，1949年随父母由大陆赴台生活。16岁时以笔名心如发表小说《云影》，25岁时出版首部长篇小说《窗外》。多年来笔耕不辍，代表作包括《烟雨蒙蒙》《几度夕阳红》《彩云飞》《海鸥飞处》《心有千千结》《一帘幽梦》《在水一方》《我是一片云》《庭院深深》等。

多部作品先后改编成为电影及电视剧，琼瑶也因此步入影视产业。《六个梦》系列、《梅花三弄》系列、《还珠格格》系列等，影响至深，成为几代读者与观众共同的记忆。

琼瑶以流畅优美的文笔，编织了众多曲折动人的故事。其作品以对于梦的憧憬和爱的执着，与大众流行文化紧密结合，风靡半个多世纪，成为华文世界中极重要的文学经典。

我為愛而生，我為愛而寫
文字裡度過多少春夏秋冬
文字裡留下多少青春浪漫
人世間雖然沒有天長地久
故事裡火花燃燒愛也依舊

瓊瑤

I

五月的下午。

天空是一片澄净的蓝，太阳把那片蓝照射得明亮而耀眼。几片白云，在天际悠悠然地飘荡着，带着一份懒洋洋的、舒适的、自由自在的、无拘无束的意味，从天的这一边，一直飘往天的另一边。

宛露抬头看着天空，看着那几片云的飘荡与游移，她脚下不由自主地半走半跳着，心里洋溢着一种属于青春的、属于阳光的、属于天空般辽阔的喜悦。这喜悦的情绪是难以解释的，它像潮水般澎湃在她胸怀里。这天气，这阳光，这云层，这初夏的微风……在在都让她欢欣，让她想笑，想跳，想唱歌。何况，今天又是一个特别让人喜悦的日子！

二十岁，过完二十岁的生日，代表就是成人了！家里、父母一定会有一番准备，哥哥兆培准又要吃醋，嚷着说爸爸妈妈"重女轻男"！她不自禁地微笑了，把手里的书本抱紧了一些，快步地向家中"走"去。她的眼光仍然在云层上，脚步是半走半跳的。哥哥兆培总是说：

"宛露最没样子！走没走相，坐没坐相，站没站相！人家女孩子都文文静静的，只有宛露，长到十岁，还像个大男孩！"

怎样呢？像男孩又怎样呢？宛露耸耸肩，一眼看到路边的一棵"金急雨"树，正垂着一串串黄色的花朵。金急雨！多么好的名字！那些垂挂的花朵，不正像一串串金色的雨珠吗？她跳起身子，想去摘那花朵，顺手一捞，抄到了一手的黄色花瓣，更多的花瓣就缤纷地飘坠下来了，撒了她一头一脸。多好！她又想笑，生命是多么喜悦而神奇呵！

握着花瓣，望着白云，她在金急雨树下伫立了片刻。二十岁！怎么眼睛一眨就二十岁了呢？总记得小时候，用胳膊抱着母亲的脖子，好奇地问：

"妈妈，我是从什么地方来的？"

"玫瑰花芯里长出来的呀！"母亲笑着说。

"哥哥呢？"

"哦，那是从苹果树上摘下来的！"

稍大一些，就知道自己不是从玫瑰花芯里长出来的，哥哥也不可能是苹果树上摘下来的。十岁，父亲揽着她，正式告诉她生命的来源，是一句最简单的话：

"因为爸爸妈妈相爱，于是就有了哥哥和你！因为我们想要一个男孩和一个女孩，老天就给了我们一儿一女！我们是个最幸福的家庭！"

最幸福的，真的！还能有比她这个家更幸福的吗？她满足地、低低地叹息了一声。手里握着那些花瓣，她又向前面走去，眼睛再一次从那些白云上掠过，她忽然想起小时候的一件事，父亲曾经左手揽着她，右手揽着兆培，问：

"兆培、宛露，告诉我，你们长大后的志愿是什么？你们希望将来做什么？"

"哦，我要做一个汽车司机！"兆培大声说，他那时候最羡慕开汽车的人。

"呃，"父亲惊愕得瞪大了眼睛，转向了她，"宛露，你呢？"

"我呀！"五岁的她细声细气地说，"我要做一片云。"

"一片云？"父亲的眼睛张得更大了，"为什么要做一片云呢？"

"因为它好高呀！因为它又能飘又能走呀！"

父亲望着母亲，半晌，才说：

"慧中，咱们的两个孩子真有伟大的志愿呢！"

接着，他们就相视大笑了起来，笑得前俯后仰，笑得天摇地动。她和哥哥也跟着他们一起笑。虽然，并不懂他们为什么觉得那样好笑。

看着云，想着儿时"宏愿"，她就又觉得好笑起来了。一片云！怎会有这样的念头呢？童年的儿语真是莫名其妙！但是，真当一片云，又有什么不好？那么优哉游哉，飘飘荡荡，无拘无束！真的，又有什么不好？她跳跃着穿过马路，往对面的街上冲去。

对面是个巷子口，一群孩子正在那儿玩皮球。刚好有一个球滚到了她的脚边，她毫不犹豫，对着那球就一脚踢了过去。球直飞了起来，孩子们叫着、嚷着、嬉笑着。她望着那球飞跃的弧度，心里的喜悦在扩大，扩大得几乎要满溢出来。忽然间，有个年轻男人正从那巷子里走出来，她惊愕地张大了嘴，眼看着那球不偏不斜地正对着那男人的脑门落下去。她"哎呀"地叫了一声，飞快地冲过去，想抢接那个球。同时，那男人也发现了这个从天而降的"意外"，出于本能，他想闪避，不料球已经直落在头上，这重重的一击使他头晕眼花，眼冒金星，更不巧的是，宛露已像个火车头般直冲了过来，他的身子一滑，和她撞了个正着。顿时，他一下子失去了平衡，就摔在马路当中了。而宛露手中的书本和花瓣，全撒了一地。

周围的孩子像是看到了一幕惊人的喜剧，立即爆发了一阵大笑和鼓掌声，宛露满脸尴尬地睁大了眼睛，瞪视着地上那个男人。正在不知所措的时候，一辆计程车飞驰而来，一声尖锐的急刹车响，一阵疯狂的喇叭声，那计程车及时刹住，在宛露惊魂未定的一瞬间，巷子里又驰来另一辆计程车，再一阵急刹车和喇叭声，两辆计程车成直角停在那儿，直角的前端，是躺在地上的陌生男人和挓挲着双手的宛露。

"怎么了？撞车了吗?"人群纷纷从街边的小店里拥了过来，司机伸出头来又叫又骂，孩子们跳着脚嬉笑，再也没有遇到过比这一刹那间更混乱、更狼狈、更滑稽的场面。宛露的眼睛瞪得骨溜滚圆，心里却忍不住想笑。她弯腰去看那男人，腰还没弯下去，嘴边的笑就再也按捺不住，终于在唇边绽开了。她边笑边说：

"你今天应该买爱国奖券，一定中奖！"

那年轻人从地上一跃而起，眼神是恼怒的，两道浓眉在眉心纠结着，他恶狠狠地盯着宛露，气呼呼地说：

"谢谢你提醒我，中了奖是不是该分你一半呢？"

听语气不大妙，看他那神态就更不大妙，怎么这样凶呀！那眼睛炯炯然地冒着火，那脸色硬邦邦地板着，那竖起的浓眉和那宽宽的额，这男人有些面熟呢！一时间，她有点惶惑，而周围的汽车喇叭和人声已喧腾成了一片。她耸耸肩，今天心情太好，今天不能和人吵架。她蹲下身子，去捡拾地上的书本。没料到，那男人居然也很有风度地俯下身子帮她拾。她抬头凝望他，两人眼光一接触，她就又"扑哧"一声笑了：

"别生气，"她说，"你知道，天有不测风云，人有旦夕祸福，就是为这种事而发明的俗语。"

"是吗？"他问，抱起书本，他们退到了人行道上，周围的人群散开了，计程车也开走了，他盯着她，"我可没想到，发明那俗语的时候，就已经有皮球了。"他继续盯着她，然后，他的脸再也绷不住，嘴唇一咧，也忍不住地大笑了起来，一面笑，一面说，"你知道吗？你引用的俗语完全不恰当。"

"怎么？"

"既然你叫我去买爱国奖券，当然你认为我是运气太好，才会挨这一球的，那么，说什么天有不测风云呢！"

"因为……因为……"她笑着，一面往前走，一面用脚踢着地上的碎石子。她觉得很好笑，整个事件都好笑，连这阳光和天气都好笑。她想着天上的云，想着自己是一片云，想着，想着，就又要笑。"因为……"她叽咕着，"你不会懂的。我说你也不懂。"

他惊奇地望着她，脸上有种奇异的、困惑的、感动的表情，他那炯炯发光的眼珠变得柔和了，还含着笑意。他说：

"你一直是这么爱笑的吗？"

"爱笑有什么不好？"

"我没说不好呀！"他扬起了眉毛。

她看了他一眼。

"你一直是这么凶巴巴的吗？"她反问。

"我凶了吗？"他惊愕地。

"刚才你躺在地上的时候，凶得像个恶鬼，如果不是为了维持我的风度，我会踢你几脚。"

"呵！"他叫，又好气又好笑，"看样子，你还'脚下留情'了呢！"

她又笑了。他们停在下一个巷子口。

"把书给我！"她说，"我要转弯了。"

他紧紧地凝视她，望了望手里的书本。

"你叫什么名字？"他问。

她仰头看看天，俏皮地一笑。

"我叫一片云。"

"一片云？"他怔了怔，靠在巷口的砖墙上，深思地、研判地打量着她。从她那被风吹乱的头发，到她那松着领口的衬衫，和她那条洗白了的牛仔裤。"是天有不测风云的云吗？"

"可能是。"

"那么，"他一本正经地说，"我叫一阵风。天有不测风云的风。"

她愕然片刻，想起他忽然从巷口冒出来，还真像一阵风呢！她又想笑了。

"所以，"他仍然一本正经地说，"对我们而言，这两句俗语应该改一改，是不是？"

"改一改？"她不解地，"怎么改？"

"天有不测风云，人有偶然相遇。"他说，把手里的书往她怀中一放，"好了，再见！段宛露！"

段宛露！她大惊失色，站住了。

"你怎么知道我是段宛露？"她问。

"或者，我有点未卜先知的本领。"他学她的样子耸耸肩，满不在乎的，"这是我与生俱来的本能，只要我把人从上到下看一遍，我就会知道她的名字！"

"你胡扯！"她说，忽然有阵微微的不安掠过了她的心，与这不安同时而来的，还有一份不满，这男孩，或者他早就在注意她了，或者这"巧合"并不太"巧"！否则，他怎能知道她的名字！"天有不测风云，人有偶然相遇！"他多么轻浮！他在吃她豆腐！这样一想，她就傲岸地一甩头，抱着自己的书本，头也不回地往家门口跑去。她家在巷子里的第三家，是一排两层砖造房子中的一栋，也是 × 大分配给父亲的宿舍。她按了门铃，忍不住又悄然往巷口看看，那年轻人仍然站在那儿，高大、挺拔。她忽然明白为什么觉得他眼熟了，他长得像电影《女人四十一枝花》中的男主角！有那股帅劲，也有那股鲁莽，还有那股傲气！她心里有点混乱，就在神思不定的当儿，门开了。

她还没看清楚开门的是谁，身子就被一只强有力的手一把拉进去了，迅速地，她的眼睛被蒙住了，一个男性的、温柔的、兴奋的声音在她耳边响起来：

"猜一猜，我是谁？"

她的心脏不由自主地狂跳了起来，自己也不知道为什么会心跳得这么厉害，她大大地喘了口气，突然而来的狂喜和欢乐胀满了她的胸怀，她哑着喉咙说：

"不可能的！友岚，绝不可能是你！"

"为什么不可能？"

手一放开，她眼前一阵光明，在那灿烂的阳光下，她睁大了眼睛，一瞬也不瞬地望着面前那个高高个子的男人！顾友岚！童年的点点滴滴像风车般从她眼前旋转而过，那漂亮的大男孩，总喜欢用手蒙住她的眼睛，问一句：

"猜一猜，我是谁？"

她会顺着嘴胡说：

"你是猪八戒，你是小狗，你是螳螂，你是狐狸，你是黄鼠狼！"

"你是个小坏蛋！"他会对她笑着大叫一句，于是，她跑，他追。一次，她毫不留情地抓起一把沙，对他的眼睛抛过去。沙迷住了他的眼睛，他真的火了，抓住了她，他把她的身子倒扣在膝上，对着她的屁股一阵乱打。她咬住牙不肯叫疼，他打得更重了，然后，忽然间，他把她的身子翻过来，发现她那泪汪汪的眼睛，他用手臂一把把她抱在怀里，低低地在她耳边说：

"小坏蛋！我会等你长大！"

那时候，她十岁，他十六。

他留学那年，她已经十六岁了。说真的，只因这世界里喜悦的事情太多，缤纷的色彩太多，她来不及吸收，来不及吞咽，来不及领会和体验。四年来，很惭愧，她几乎没有想到过他。就是顾伯伯和顾伯母来访的时候，她也很少问起过他。他只是一个童年的大友伴，哥哥兆培的好朋友而已。可是，现在，他这样站在她面前，眼光奕奕，神采飞扬，那乌黑的浓发，那薄薄的嘴唇，那含着笑意的眼睛，带着那么一股深沉的、温柔的、渴切的、探索的神情，深深地望着她，她就觉得自己整个人都莫名其妙地发起烧来了。

"噢，宛露！"友岚终于吐出一口长气来，"你怎么还是这么一副吊儿郎当相？"他伸手从她的头发上摘下一片黄色的花瓣，又从她衣领上摘下另外一片，"这是什么？"

"金急雨！"

"金急雨！"他扬了扬头，眼里闪过一抹眩惑，"咳！你还是你！"

"你希望我不是我吗？"她问。

"哦，不！"他慌忙说，"我希望你还是你！不过……"

"喂！喂！"屋子里，兆培直冲了出来，扬着声音大叫，

"你们进来讲话行吗？四年之间的事可以讲三天三夜，你们总不至于要在院子里晒着太阳讲完它吧！"

宛露往屋子里跑去，这种一楼一底的建筑都是简单而规格化的，楼下是客厅、餐厅、厨房，楼上是三间卧室，外面有个小得不能再小的院子，因为宛露的父亲段立森喜欢花草，这小院子除了一条水泥走道之外，种满了芙蓉、玫瑰、茉莉和日日春，在院角的围墙边，还有一棵芭蕉树。宛露常说父亲是书呆子过干瘾，永远跟不上时代的变化，尤其种什么芭蕉树！"是谁多事种芭蕉？早也潇潇，晚也潇潇！"父亲就是受诗词的影响，是个地道的中国书生，是个地道的学者，也是个地道的"好父亲"！

宛露跑进了屋子，兆培拉住她，在她耳边说：

"我送你的生日礼物，你满意吗？"

"什么生日礼物？"宛露诧异地问。

"顾友岚！"兆培清清楚楚地说。

"你……"听出他言外之意，宛露就对着他的脚，狠狠地踩下去，兆培痛得直跳起来，一面对宛露的臀部打了一巴掌，一面粗声嚷着说："友岚！我告诉你，你最好离我这个妹妹远一点，她是母老虎投胎，又凶又霸道，而且是毫无理性的！这还罢了，最严重的问题是，她一点女性的温柔都没有……"

"当然啰！"宛露也嚷开了，"谁像你的李玢玢，又温柔，又体贴，又美丽，又多情，充满了女性温柔，只是啊，人家的女性温柔不是对你一个人……"

"宛露！"兆培大喊，声音里充满了尴尬和焦灼。

宛露猛一抬头，才发现李玢玢正亭亭玉立地站在客厅中间，笑盈盈地望着她。这一惊非同小可，她大窘之下，连招呼都没打，转身就往楼上冲去。刚好，段立森穿着件中式长衫，正慢腾腾地从楼上走下来，宛露这一冲，就和父亲撞了个满怀，段立森弯着腰直叫哎哟，宛露趁势往台阶上一坐，怔怔地说：

"怎么了？我今天像个出轨的火车头，走到哪儿都会撞车！"

段立森望着宛露，情不自禁笑了起来，揉了揉宛露那被太阳晒得发热的头发，宠爱地说：

"岂止是今天？我看你每天都像个出轨的火车头！满二十岁了，还是这样毛里毛躁的，将来怎么办？"

"得了，立森！"段太太从厨房里钻了出来，笑嘻嘻地望着他们父女两个，"你就让她去吧！维持她的本来面目比什么都好，何必急着要她长大呢？"

"妈！"兆培抗议地说，"你们只会教育别人的儿女，不会教育自己的儿女！"

"怎么了？你又发什么牢骚？"段太太笑望着儿子。

"宛露呀，就是被你们宠坏了！这样惯她，她一辈子都长不大！现在是在爸爸妈妈的翅膀底下，等到有一天，她必须独立的时候，就该吃苦头了！"

"我为什么要独立？"宛露撒赖地说，"我就一辈子躲在爸爸妈妈的翅膀底下，又怎么样？"

"难道你不出嫁？"兆培存心抬杠。

"我就不出嫁！"

"好呀！"兆培直着脖子嚷嚷，"爸爸，妈，你们都听见了！还有友岚，嘻嘻，你做个见证，她亲口说的，她一辈子不出嫁！哈哈！只怕这句话有人听了会伤心……嘻嘻，哈哈……"

宛露的脸涨红了，顺手抄起手边的一本书，对着兆培甩了过去，嘴里喊着：

"你再嘻嘻哈哈的，当心我掀你的底牌！"她跳起身子，忽然跑过去，一把挽住李玢玢，把她直拖到屋角去，用胳膊搂着她的腰，说，"我告诉你一件事，玢玢，只能悄悄说……"她开始对李玢玢咬耳朵。

兆培大急，冲过去，他用双手硬把两个女孩子给拉开，一面焦灼地问：

"玢玢，她对你说些什么？你可不能听她的！这个鬼丫头专会造谣生事，无中生有，无论她告诉你什么话，你都别听！她说的没一句好话！"

李玢玢长得恬恬静静的，她一脸的迷惑和诧异，喃喃地说：

"她说得倒很好听！"

"她说什么？"兆培急吼吼地问。

"她说呀！"李玢玢睁大了眼睛，学着宛露的声音说，"月亮爷爷亮堂堂，骑着大马去烧香，大马拴在梧桐树，小马拴在庙门上……下面还有一大堆，我记不得了。"

"扑哧"一声，顾友岚正喝了一口茶，几乎全部喷了出来，一部分茶又呛进了喉咙，他又是咳，又是笑，眼睛亮晶晶地望着宛露。段立森和太太对视着，也忍俊不禁。兆培恶狠狠地瞪着宛露，想做出一副凶相来，可是，他实在板不住脸，终于纵声大笑了。顿时，一屋子的人全笑开了，笑得天翻地覆。笑声中，友岚悄悄地走近了宛露，低声说：

"谢谢你还记得。"

"记得什么？"宛露不解。

"我教你的儿歌。"他低念，"月亮爷爷亮堂堂，骑着大马去烧香，大马拴在梧桐树，小马拴在庙门上。扒着庙门瞧娘娘：娘娘搽着粉儿，和尚噘着嘴儿，娘娘戴着花儿，和尚光着脑袋瓜儿。"

"哦！"宛露困惑地望着友岚，"原来这儿歌是你教我的吗？"

"别告诉我，你忘记是我教的了！"友岚说，眼光深深地停驻在她脸上，压低声音说，"知道我为什么回来吗？"

"你念完了硕士，不回来干吗？"

"最主要的是……"

"啊呀！"宛露忽然发出一声惊喊，全屋子的人都呆了，怔怔地望着她，不知道她又发生了什么大事。她却对着屋子中间跑过去，弯腰从地上拾起她的课本——刚才，她曾用这本书甩兆培的。她望着书的封面，大惊小怪地说：

"原来如此！我还以为他真的是未卜先知呢！"

"什么事？什么事？"段太太问，伸着头去看那本书，是本《新闻文学》。

"妈呀，"宛露挑着眉毛叫，"这上面清清楚楚地写着我的名字呢！"

"你的书上，当然有你的名字呀！"兆培皱着眉说，"你今天是怎么回事，疯疯癫癫的？"

友岚吸了口气，望着宛露的背影，不自禁地轻叹了一声。段太太看看宛露，又看看友岚，若有所悟地点了点头。拍拍手，她提高声音，叫着说：

"大家都到厨房里来帮忙，端菜的端菜，摆碗筷的摆碗筷，今晚，我们大家好好地吃一顿。庆祝宛露满二十岁！"

大家欢呼了一声，一窝蜂地拥进了厨房。

2

毕业考就快到了。

早上，阳光从窗帘的缝隙里射了进来，在室内缓缓地移动，移上了宛露的嘴唇，移到了宛露的脸颊，终于映在她那低阖着的睫毛上了。这带着热力的光亮刺激了她，她在床上翻了个身，试着用毛毯去遮那阳光，她失败了，然后，她醒了。

睁开眼睛来，首先听到的就是窗外的一阵鸟鸣，她把双手垫在脑后，平躺在床上，用一份崭新的喜悦，去倾听那麻雀的吱吱喳喳，它们似乎热闹得很。在争食吗？在唱歌吗？在恋爱吗？她不由自主地笑了。

门口有脚步声走近，那细碎的、柔和的脚步声，那轻盈的、小心的脚步声。母亲一定怕吵醒了她！她睁大眼睛，没来由地喊了一声：

"妈！"

　　脚步声停住了，房门被推开，段太太站在房门口，笑盈盈地望着她。"醒了吗？怎么不多睡一下？我看过你的课表，你今天上午没课，尽可以睡个够。昨晚，你和友岚他们闹得那么晚才睡，现在何不多睡一下？"

　　"妈！你进来！"宛露懒洋洋地倚在枕上，仍然像个任性而矫情的孩子。段太太关上了房门，走了过来，坐在床沿上，她温柔地、宠爱地、亲昵地用手摸了摸宛露的下巴，问：

　　"你又有什么事？"

　　"妈，你觉不觉得我有点反常？"

　　"反常？"段太太怔了怔，"此话从何而来呢？"

　　"我告诉你，妈！"宛露伸手去玩弄着母亲衣服上的扣子，凝视着母亲的眼睛，"我的同学们都有一大堆忧愁，她们每个人都说烦死了，愁死了，前途又不知怎样，父母又不了解她们，马上就要毕业了，毕业就是失业，再加上恋爱问题，爱吧，怕遇人不淑，不爱吧，又寂寞得发慌……反正，问题多了，妈，你懂吗？"

　　"是的。"段太太了解地、深沉地望着女儿，"难道你也有这些烦恼吗？"

　　"正相反，我的问题就在于，为什么人家有的烦恼，我都没有！"宛露抬高了眉毛说，"妈，你知道同学们叫我什么吗？她们叫我'开心果'。"

　　"当'开心果'总比当'烦恼树'好吧？"段太太笑着说。

　　"可是，我为什么与众不同呢？我也应该找一点忧愁来愁一愁，否则，我好像就不是'现代人'了。"

段太太笑了。

"只有人要去找快乐，我还没听说有人要去找忧愁的！"
她收住了笑，忽然若有所思地、深沉地、恳挚地望着女儿，
"不过，宛露，有时候，在成长的过程里，我们都会自然而然
地经过一段烦恼时期，看什么都不顺眼，觉得全世界都对不
起自己……"

"妈，你的意思是说，我也会经历这段时期吗？"

"不一定。"段太太坦白地说，"我希望你不会！因为你生
活在一个简单而幸福的家庭里。我……"她深深地看进宛露
的眼睛，"我要尽量让你远离忧愁。"

"哦，妈！"宛露从床上一跃而起，抱住母亲的脖子，把
头埋在她颈项里一阵乱揉，那发丝弄得段太太痒酥酥的，就
不自禁地笑了起来。宛露边揉边喊："妈！我爱你们！我爱你
们！我不会忧愁，因为我有你们！"

"噢！宛露！"段太太的眼眶有些发热，"怪不得你哥哥
说你是个小疯丫头，我看你还真有点儿疯呢！"

宛露从床上爬了起来，一面换掉睡衣，一面说：

"如果我有点儿疯，也是你的遗传！妈，"她扣着衬衫的
扣子，"你像我这么大的时候，是不是也和我一样疯，一样快
乐，一样不会忧愁？"

段太太一怔。

"不。"她回忆起往事小心翼翼地说，"我可能比你多愁善
感一点。"

"那么，就是爸爸的遗传了！"宛露穿上长裤，不知怎的

又笑了起来，"爸爸是个书呆子，还好我没遗传爸爸的呆劲儿！"她打开房门，往浴室走，"爸爸和哥哥都去上班了吗？"

"是呀！"

宛露站住了，回头望着母亲。

"妈，我以前没注意过，平常你一个人在家，会不会寂寞？"

"不会。"

"为什么？"

"因为我心里早被你们占满了。"

宛露幸福地点点头。

"等哥哥娶了嫂嫂，家里就又多一个人了。妈，你喜欢玢玢吗？你觉得她很女性吗？"

"是的。"

"她比我可爱吗？"

"噢！傻丫头，你今天怎么这么多问题？"段太太笑叱着，"我告诉你，宛露，在我心里，世界上没有比你更可爱的女孩。好了，去洗脸吧！还有件正经事要告诉你，你爸爸帮你接洽的工作已经成了，××杂志社已决定聘用你当记者，只等你毕业。"

"啊哈！"宛露欢呼了一声，"他们不在乎我是五专毕业的吗？"

"什么学校毕业的有什么重要呢？重要的是你有没有能力！"段太太凝视着女儿，"我还真有点担心呢！"

"担心什么？担心我没有能力吗？"

"担心你疯疯癫癫的，口无遮拦，访问别人的时候，说不定会问出什么怪问题，说不定把被访问的人给气死！"

"哈！"宛露大笑了，"真是知女莫如母。这倒是大有可能的事情！"她跑进浴室里去了。

段太太目送宛露的影子消失在房门口，她却坐在那儿，默默地出了好一阵神，才站起身来，机械化地、本能地开始整理宛露的床。拉平被单，叠好毛毯，收拾起丢在地下的睡衣……她心里朦朦胧胧地想着宛露，她那孩子气的、不知人间忧愁的女儿，是不是永远能维持这份欢乐呢？从宛露身上，她想到兆培，想到玢玢，也想到友岚，她木然地在床沿上坐了下来，手里握着宛露的睡衣，呆呆地沉思着。

"哇！"宛露忽然在她耳边大叫一声，把段太太吓得直跳了起来，宛露大笑，"妈，你在发什么呆？我要出去了。"

"去哪儿？不吃早饭了吗？"

"快中午了还吃早饭！我去同学家研究一下功课，马上就要毕业考了。今天晚上，我又答应了友岚去夜总会跳舞，还有哥哥和玢玢，友岚请客，反正他最有钱。妈！你知道他在伟立建筑公司的工作吗？他自称是工程师，我看呀，他一天到晚爬高爬低的，倒像个工头呢！"

"别轻视他的工作，"段太太接着说，"刚刚回来，就能找到这么好的工作，也要有一点真实本领。"

宛露站定了。

"你们好像都很欣赏友岚。"

"你不欣赏吗？"段太太研判地看着她。

"我？"她扬了扬眉毛，"老实说，我还不知道呢！因为，欣赏两个字不能随便说的，别人往往会误解你的意思。我想……"她沉吟了一下，微笑着，"总之，我很喜欢跟他在一起！"

抱起桌上的书本，她拾级下楼，仍然跳跳蹦蹦的，到了楼下，她才扬着声音喊了一句：

"我不回来吃午饭！"

走到门外，阖拢了大门，她嘴里开始吹着口哨。兆培最不喜欢她吹口哨，说是女孩子吹口哨太"流气"。所以，兆培就该有个像玢玢那样文文静静的女朋友。她想着，往巷口走去，忽然间，有个高大的黑影往她面前一站，她惊愕地抬起头来，口哨也忘了吹了。她接触到一对炯炯发光的眸子，一张似曾相识的脸孔，那宽宽的阔嘴正咧开着，对着她嬉笑。

"中奖了。"他说。

"什么？"她愕然地问，"你是谁？"

"这么健忘吗？"他说，"我是那阵风。"他伸出手来，手指中夹着一张爱国奖券，"记得吗？我答应中了奖分你一半，果然中奖了。"

她恍然大悟，那个被皮球打中的男孩子！她笑了起来，摇着头，不信任地：

"别乱讲！我才不相信你真中了奖！"

"不骗你，中了最后两个字，每一联有二十块可拿，你说，我们是分钱呢？还是去折换两张奖券，一人分一张？"

她望望那奖券，再望望他，惊奇地睁大了眼睛。

"真中了？"

"还不信?"他把奖券塞到她手里,"你拿到巷口的奖券行去问问看。"

他们已经走到巷口,那儿就有一家奖券行,门口挂着个大牌子,上面写着这期的中奖号码,她拿着奖券一对,果然!中了最后两个字!虽然,这是最小最小的奖,虽然,中这种奖跟不中没有什么分别,但她仍然孩子气地欢呼一声,兴高采烈地说:

"我早就告诉了你,你会中爱国奖券!不过,你怎么这么笨呢?"

"我笨?"他呆了呆,不解地望着她,"我怎么笨?"

"你只买一张,当然只能中个小奖,你当时就该去买它一百张,那么,保管会中第一特奖!"

"哦,这样的吗?"他翻了翻眼睛,"我或者该到银行去,把所有的奖券全包下来,那么,几百个奖就都是我一个人中了。"

"噢!"她笑了,笑得咯咯出声,"这倒真是个好办法,看不出来,你这人还有点数学头脑!"

他一瞬不瞬地望着她。

"你还是这么爱笑。"他说,"我从没看过像你这么爱笑的女孩子。"

她扬着手里的奖券。

"我们怎么处理它?"她问。

"换两张奖券,一人分一张!"

"好!"她干脆地说,仿佛她理所当然拥有处理这奖券的权利。走进奖券行，她很快地就换了两张出来，她说："你抽一张。"

"不行！"他瞪视着她，大大摇头，"不能这么办，这样太不公平。"

"不公平？那你要怎么办？"她天真地问。

他握住她的手腕，把她拉向人行道，他指着前面说：

"看到吗？那儿有一家咖啡馆，我们走进去，找个位子坐下来，我请你喝一杯咖啡，我们好好地研究一下，如何处理这两张奖券。"

她抬起睫毛，凝视着他，笑容从唇边隐去。

"这么复杂吗？"她说，"你以为我是三岁小孩吗？奖券我不要了，你拿去吧！"她把奖券塞进他手中，转身就要离去。

他迅速地伸出一只手来，支在墙上，挡住了她的去路。他的眼光黑黝黝地盯着她，笑容也从他唇边隐去，他正经地、严肃地、低声地说：

"这是我第一次请女孩子喝咖啡。"

不知怎的，他的眼光和他的语气，都使她的心怦然一跳。不由自主地，她迎视着这对眸子，他脸上有种特殊的表情，是诚挚、迫切而富有感性的。她觉得心里那道小小的堤在瓦解、崩溃。一种自己也无法了解的、温柔的情绪捉住了她。她和他对视着，好一会儿，她终于又笑了。扬扬眉毛，她故作轻松地说：

"好吧！我就去看看，你到底有什么公平的办法来处理这奖券！”

他们走进了那家咖啡馆，这咖啡馆有个很可爱的名字，叫做“雅叙”。里面装修得很有欧洲情调，墙上有一个个像火炬般的灯，桌上有一盏盏煤油灯，窗上垂着珠帘，室内的光线是柔和而幽暗的。他们选了角落里的一个位子，坐了下来。这不是假日，又是上午，咖啡馆里的生意十分冷清，一架空空的电子琴，孤独地高踞在一个台子上，没有人在弹。只有唱机里在播放着《胡桃夹子组曲》。

叫了两杯咖啡，宛露望着对面的男人。

“好了，把你的办法拿出来吧！”

他靠在椅子里，对她凝视了片刻，然后，他把两张爱国奖券摊在桌上，从口袋里拿出一支笔，他在一张奖券上写下几个字，推到她面前，她看过去，上面写着：

孟樵

电话号码：776822

“孟樵？”她念着，“这是你的名字？”

“是的，你不能一辈子叫我一阵风。”他说，眼睛在灯光下闪烁，“这张是你的，中了奖，打电话给我。然后，你该在我的奖券上留下你的电话号码，如果我中了奖，也可以打电话给你。这样，无论我们谁中了奖，都可以对分，你说，是不是很公平？”

她望着他，好一会儿，她忽然咬住嘴唇，无法自抑地笑了起来，说：

"你需要兜这么大一个圈子来要我的电话号码吗？"

他的浓眉微蹙了一下。

"足证我用心良苦。"他说。

她微笑着摇摇头，取过笔来，很快地写下自己的电话号码，把那奖券推给他。他接了过去，仔细地念了一遍，就郑重地把那奖券折叠起来，收进皮夹子里，宛露看着他，说：

"你是学生，还是毕业了？"

"毕业很多年了，我在做事。"

"你一定是一个工作很不努力的人。"

"为什么？"

"今天不是星期天，现在是上午十一点，你没有上班，却坐在咖啡馆中，和一个陌生的女孩喝咖啡。"

他微笑了一下。

"你的推断力很强，将来会是个好记者。"

"你怎么知道我是学新闻的？哦，我那天掉在地上的书，你比你的外表细心多了，我看，你倒应该当记者！"

"你对了！"他说。

"什么我对了？"她不解。

"我是个记者，毕业于政大新闻系，现在在××报做事，没有固定的上班时间，常常整天都在外面跑，只有晚上才必须去报社写稿。所以，我可以在上午十一点，和一个陌生的女孩坐在咖啡馆里，这并不能证明我工作不努力。"

"哦？"她惊愕地瞪着他，"原来你也是学新闻的？"

"不错。"

"你当了几年记者？"

"三年。"

"三年以来，这是你第一次请女孩子喝咖啡？"她锐利地问，"你撒谎的本领也相当强呢！"

他紧紧地注视着她。

"我从不撒谎。"他简单明了地说，语气是肯定而低沉的，"信不信由你。"

她迎视着那对灼灼逼人的眼光，忽然间，觉得心慌意乱了起来，这个男孩子，这个孟樵，浑身都带着危险的信号！她从没遇到过这种事，从没有这种经验，她觉得孟樵正用那锐利的眼光，在一层一层地透视她。从没有人敢用这样大胆的、肆无忌惮的眼光看她。她忽然警觉起来了，她觉得他是古怪的、难缠的、莫名其妙的！她把咖啡杯推开，直截了当地问：

"既然是第一次，干吗不找别人而找上我？"

"我想……"他愣愣地说，"因为没有别的女孩子用球砸过我！我母亲常说，我脑袋里少了一个窍，你那一球，准是把我脑袋里那个窍给砸开了！说实话，"他困惑地摇了摇头，"我自己都不了解，为什么要这样做。"

她愕然地望着他，听了他这几句话，她的警觉不知不觉地飞走了，那种好笑的感觉就又来了。这个傻瓜！她想，他连一句恭维话都不会说呢！这个傻瓜！他完全找错目标了！他不知道，她也是个没窍的人呢！想到这儿，她就不能自已地笑起来，笑得把头埋到了胸前，笑出了声音，笑得不能不用手捂住嘴。

"我很可笑，是吗？"他闷闷地问，"你能不能告诉我，我哪一句话如此可笑？"

"你知道我是爱笑的，"她说，"任何事情我都会觉得好笑，而且，我又不是笑你，我在笑我自己！"

"你自己？你自己有什么好笑？"

"我自己吗？"她笑望着他，"孟樵，让我告诉你一个秘密。"

"什么秘密？"

她笑嘻嘻地凝视他，慢吞吞地说：

"你的脑袋里，可能只少一个窍，我的脑袋里呵，少了十八个窍。而且，到现在为止，没有人用球砸过我！"她抱起桌上的书本，"我要走了，不和你谈了，再见！"她站起身子，抬高了下巴，说走就走。一面走，一面仍然不知所以地微笑着。

孟樵坐在那儿，他没有留她，也没有移动，只是望着她那修长的身影，轻快地往咖啡馆门口飘去。一片云，他模糊地想着，她真是无拘无束得像一片云！一片飘逸的云，一片抓不住的云，一片高高在上的云，一片可望而不可即的云……那"云"停住了，在门口，她站了两秒钟，然后，猝然间，她的长发在空中甩了一个弧度，她的身子迅速地回转了过来，望着他，她笑着，笑得有点僵，有点儿羞涩，有点儿腼腆。她走了回来，停在他的桌子前面。

"你学新闻，当然对新闻学的东西都很熟了？"

"大概是的。"

"我快毕业考了，愿不愿意帮我复习？"

他的眼睛闪耀着。

"一百二十个愿意。"他说。

"那么，在复习以前，请我吃午饭，好不好？因为我饿了。"

他望着她，她那年轻的面庞上，满溢着青春的气息，那亮晶晶的眼睛里，绽放着温柔的光彩，那向上弯的嘴角，充满了俏皮的笑意。好一朵会笑的云！他跳了起来。

"岂止请你吃午饭，也可以请你吃晚饭！"

3

午后五点钟。

考完了最后一节课，宛露松了一口气，题目出得都很容易，看样子，这学校生涯，是到此结束了。以后，等着她去奋斗的，该是事业和前途吧！收拾好书本，她走出教室，同窗好友陈美盈和许绣嫦一左一右地走在她身边，正在争辩着婚姻和留学的问题。陈美盈认为现代的年轻人都往外边跑，只有到海外去"闯天下"才有前途，许绣嫦却是悲观论者，她不停地说：

"女孩子，闯什么鬼天下，我妈跟我说，世新毕业，也算混上了一个学历，找丈夫容易一点罢了。想想看，这世界也很现实，女孩子念到博士硕士，发神经病而回来的多得很，没有一个男人希望自己的太太超过自己！所以，正经八百，不如去找张长期饭票！"

"啧啧，"陈美盈直咂嘴，"你好有志气！才二十来岁，就急着要出嫁！你不想想，外面的世界那么大，我们连看都没看过，念书就念掉了十四五年，好不容易混毕业了，才正该享受我们的人生，你就急着往厨房里钻了。结婚是什么？结婚是女孩子的牢笼，从此成为烧锅煮饭、生儿育女的机器……"

"谁要你去烧锅煮饭、生儿育女？"许绣嫦说，"难道你不会找个有钱人嫁吗？"

"有钱人全是老头子！"陈美盈叫，"谁生下来就会有钱？等他赚到钱的时候，就已经七老八十了。至于公子哥那种人，我是碰都不要去碰的……"

"我懂了！"许绣嫦说，"你的留学梦，也不过是去找个博士嫁！"

"你懂？你根本不懂……"

"喂喂喂！"宛露忍无可忍地大叫了起来，"我觉得你们两个的辩论呵，叫做无聊透顶！"

"怎么了？"许绣嫦问，"你要干什么呢？"

"我也不去海外，我也不结婚！"她仰着头说，"我去当记者，一切未来的事都顺其自然！我从不认为自己有多伟大，一个平凡的人最好认清楚自己的平凡，我生来就不是能成大事立大业的那种人！我吗？我……"她笑了起来，仰头看天，"我是一片云。"

"你是一片云！"许绣嫦大叫，"你是个满脑子胡思乱想的小疯子！"

"哈！"宛露笑得更加放肆，"也可能！说这句话的并不止你一个！"

她们已经走到了学校门口，还在那儿吱吱喳喳地辩个不停，忽然间，有一阵汽车喇叭响，一辆"跑天下"驰了过来，停在她们的面前。同时，友岚的头伸出了车窗，扬着声音叫：

"宛露，我特地来接你！"

宛露望望友岚，笑了，回头对许绣嫦和陈美盈挥了挥手，她仓促地说：

"不跟你们乱聊了，我要走了！"

许绣嫦目送宛露钻进了友岚的车子，她愕然地对陈美盈说：

"看样子，会叫的狗不咬，会咬的狗不叫，她整天嘻嘻哈哈，跳跳蹦蹦，像个小孩子似的，却有男朋友开着汽车来接她！"

"或者，是她的哥哥！"陈美盈说。

"她哥哥我见过，在航空公司当职员，有什么能力买汽车？而且，哥哥会来接妹妹吗？少驴了！"

宛露可没听到这些话，她也不会在意这些话，一头钻进了车子里，坐在友岚的身边，友岚正预备发动车子，宛露却及时叫了一声：

"慢一点！"

"怎么？"

"看看车窗外面，"宛露笑嘻嘻地说，"刚刚在跟我说话的那两个女孩子，你看见了吗？"

"看到了，干吗？"

"看清楚了吗？"

友岚对那两个女孩再仔细看了一眼，狐疑地说：

"看清楚了，怎么样？"

"对哪一个有兴趣？我帮你介绍！"

友岚瞪了宛露一眼，"呼"的一声发动了车子，加足油门，车子像箭般射了出去。宛露因这突然的冲力，身子往后一倒，差点整个人滚倒在椅子里。她坐正身子，讶然地张大眼睛：

"你干吗？表示你买了车子神气吗，还是卖弄你的驾驶技术？"

"分期付款买一辆'跑天下'，没什么可神气，"友岚闷闷地说，"至于驾驶技术，更没必要在你面前卖弄。"

"呵，你在生气吗？"宛露天真地望着他，"谁惹你生气了，讲给我听听！是不是你又在为你那些工人抱不平，嫌老板太小气？"

友岚回过头来，深深地看了宛露一眼，他不由自主地叹了口气。

"宛露，"他低低地说，"你到底是怎么回事？"

"我？"宛露诧异地说，"我很好呀！"

友岚再看了宛露一眼，就闭紧嘴巴不说话，只是沉默地开着车子。宛露也不在乎，她的眼睛望着车窗外面，心情好得很，考完了，她只觉得"无试一身轻"。望着那向后飞驰的街道、商店和那些熙攘的人群，她心里又被欢愉充满了。不自主地，她开始轻声地哼着一支歌：

　　我是天空里的一片云，

　　偶尔投影在你的波心——

　　你不必讶异，

　　更无须欢喜——

　　在转瞬间消灭了踪影。

　　友岚燃起了一支烟，喷出一口烟雾，他的眼睛直直地望着车窗外面，静静地说：

　　"如果你要唱歌，能不能换一支？"

　　宛露惊奇地回过头来。

　　"哦，你不喜欢这支歌吗？我觉得它很好听。我告诉你，徐志摩写过那么多首诗，就这一首还有点味道。至于什么'别拧我，我疼！'简直会让我吐出来。这些名诗人，也不是每首都写得好的。好比，胡适有一首小诗，说是：'本想不相思，为怕相思苦，几番细思量，宁可相思苦。'我就不知道好在哪里？为什么宁可相思苦？人生应该及时行乐，干吗要'宁可'去苦呢？我就不懂这'宁可'两个字！怎么样都不懂！"

　　"假如——"友岚重重地喷着烟，"你无法不相思，又不愿'宁可相思苦'，你怎么办呢？"

　　"去争取呀！"宛露挑着眉毛说，"'宁可'两个字是认输，认输了还有什么话说？宁可相思苦！听起来好像蛮美的，想想就真没道理！"她再望向车窗外面，忽然大叫了起来，"喂喂，友岚，你到什么地方去？"

　　"到郊外。"

“干吗要到郊外？”

“找一个地方，去解决一下这‘宁可’两个字！”

宛露张大眼睛，困惑地看着友岚。

“你在和我打哑谜吗？我不懂你的意思。”

“你懂的，宛露。”他平平静静地说，“你最大的武器，是用天真来伪装自己。你和我一样明白，你并不像你外表所表现的那么孩子气！即使你真是个孩子，现在也应该有个人来帮助你长大！”

她心里有些了解了，头脑里开始昏乱了起来。

“喂喂，”她乱七八糟地嚷着，“我不要长大，也不要任何人来帮助我长大！我就是我，我要维持我的本来面目，妈妈说的，我就是这个样子最好！你不要枉费工夫，我告诉你，一定是劳而无功的！喂喂，你听到没有？”

他把车子刹住，停在路边，这儿是开往淡水的公路，路边是两排木麻黄树，树的外面，就是一片青葱的秧田。郊外那凉爽而清幽的空气，拂面而来，夏季的风，吹散了她的头发。黄昏的晚霞，堆在遥远的天边，映红了天，映红了地，也映红了她的面颊。

“不要紧张，好吗？”他温柔地凝视着她，把手盖在她的手背上，“我并不要对你做什么，只因为你今天考完了，我也下班了，就接你到郊外去散散心，这并不值得大惊小怪，是不是？从小，我们就在一块儿玩的，那时候，你可不像现在这样畏首畏尾。”

“我畏首畏尾吗？”她生气地嚷，“你别看不起人，我从来就是天不怕，地不怕的！”

“那么，我们去郊外走走，然后去淡水吃海鲜。”

“妈妈会等我吃晚饭。”她有些软弱地说。

“你母亲那儿吗？我早就打电话告诉她了，我说我会请你在外面吃饭。”

“哦！”她低低地叽咕，“看样子，你早就有了预谋，你是——”她咬咬嘴唇，“相当阴险的！”

他再看了她一眼，微笑了一下，就发动了车子，往前面继续驶去。宛露倚着窗子，望着外面的树木和原野，开始闷闷地发起呆来。好一会儿，车子往前驰着，两个人都默默不语。可是，没多久，那窗外绚丽的彩霞，那一望无际的原野，那拂面而来的晚风，那光芒四射的落日……都又引起了她的兴致，不知不觉地，她又在唱歌了：

> 你我相逢在黑夜的海上，
>
> 你有你的，我有我的，方向，
>
> 你记得也好，
>
> 最好你忘掉，
>
> 在这交会时互放的光亮！

他皱了皱眉，不再打断她的兴致，他专心地开着车子，车子滑进了淡水市区。友岚把车子停在淡水市，和宛露一起下了车。时间还早，他们漫步穿过了市区，在淡水的郊外，有一大片的松林，松林里还有个木造的、古老的庙堂。他们走进了松林，四周静悄悄的，只有那傍晚的风，穿过树梢，发出如歌般的松籁。空气里飘荡着松叶和檀香的气息，是熏人欲醉的。然后，有一只蝉忽然鸣叫了起来，引起了一阵蝉鸣之声。宛露侧耳倾听，喜悦地笑了。

"知了！知了！"她说，"我小时候常问妈妈，到底知了知道些什么了！"

他凝视她，无法把目光从她那爱笑的脸庞上移开。

"记得很多很多年以前，我曾经捉了一只知了给你的事吗？"

她歪着头沉思，笑了，眼睛发亮。

"是的，我说要听它唱歌，你就捉了一只来，我把它关在一个小笼子里，可是，它却不再唱歌了，几天之后，它就死了。"笑容离开了她的嘴角，她低下头去，"我们曾经做过很残忍的事情，是不是？"

"每个孩子都会做类似的事。"他说，紧盯着她，"记得那些萤火虫吗？"

"啊！"她的脸色红润了，整个眼睛里都燃烧着光彩，抬起头来，她用发光的眼睛凝视着他，"啊！那些萤火虫！"她叫着，"那时候我们还用蚊帐，你和哥哥，你们捉了几百只萤火虫来，放在我的蚊帐里，叫我坐在里面，那些萤火虫一闪一闪的，飞来飞去，停在我的衣服上、头发上，像几千几百颗星星，你们叫我萤火公主。"

他眩惑地、一瞬也不瞬地盯着她。

"直到如今，"他哑声说，"我都没有忘记你那时候的样子。"他伸出手去，轻轻地捉住了她的一只手，她背靠在一棵松树上站着，开始心神恍惚起来。她的笑容凝在唇边，眼里有着抹被动的、不知所措的神情。

"哦，宛露!"他喘息着低喊，"别再和我捉迷藏吧，别再躲我吧，好不好? 你知道，你在折磨我!"

"哦，"她惊惶地想后退，但那树干挡住了她，她紧张而结舌地说，"你……你是什么意思!"

"只有傻瓜才不知道我的意思!"他说，忽然间，用双手把她压在树干上，他温柔而激动地说，"我无法再等你长大，我已经等得太久太久了!"

然后，他的头一下子就俯了下来，在她还心慌意乱的当儿，他的嘴唇已紧贴在她的唇上了。她的心脏一阵狂跳，脑里一阵晕眩，她觉得不能呼吸，不能思想，不能动弹……但是，这一切都是在刹那之间的事，立即，她的感觉恢复了，第一个从脑中闪过的念头，就是一种莫名其妙的愤怒，她觉得被侮辱了，被欺侮了，被人占便宜了，举起手来，她连思考的余地都没有，就对着他的脸颊抽去了一掌，那耳光的声音清脆地响了起来，他一怔，猝然地放开了她。

"你欺侮人!"她大叫，"你有什么权力这样做? 你欺侮人!"她跺脚，孩子气的泪水在眼眶里打转，"你占我便宜! 你这坏蛋! 你这流氓! 我不要理你，我再也不要理你!"她转身就往松林外面冲去。

"宛露!"他叫了一声，一把拉住她，脸涨红了，呼吸沉重地鼓动了他的胸腔，他竭力在压制着自己，"我不是欺侮你，我不是占你便宜，如果我是欺侮你，我就不得好死！或者我操之过急，或者我表现得太激烈，但是，你但凡有一丁点感情，也该知道我对你的一片心！你又不是木头，不是岩石，你怎能看不出来，感觉不出来？我在你生日那天，就告诉过你……"

"我不要听！我不要听！"宛露挣扎开了他的掌握，逃避地用手蒙住了耳朵，"我不要听你的解释，我什么都不要听！"

"很好！"他咬牙说，涨红的脸变成苍白了，"我懂了，你并不是不了解感情，你只是心里没有我！"他重新抓住了她，眼睛里冒着火，他摇撼她的身子，受伤地叫着，"你说，是不是？你说！如果我很讨厌，你告诉我，你就让我死掉这条心！你说！你说！"

"我……"她挣扎着开了口，眼睛瞪得大大的，心里像一堆乱麻。她不知道自己是怎么回事，不知道该说什么，他那苍白的面庞，他那受伤的神情，他那热烈的、冒着火焰的眸子，在在都刺痛了她的心。童年的许多往事，又像风车般在她面前旋转了。唉唉！顾友岚，他曾是她的大朋友、大哥哥！她心里没有他吗？她心里真没有他吗？她糊涂了，她头昏了，她越来越迷茫了。挣扎着，她嗫嗫嚅嚅地说："我……我……我……"

他忽然用手蒙住了她的嘴，他的眼睛里有着惊惧与忍耐，他的喉咙沙哑：

"不，别说！我想我连听的勇气都没有。"他的手从她唇上滑了下来，他的声音软弱无力得像耳语："我道歉，宛露。对不起。不要告诉我什么，千万不要！让我仍然保存一线希望吧！或者，"他顿了顿，声音怆恻而凄苦，"我的机会并不比那个新闻记者差！我会等你，宛露，我永远会等你！"

宛露的眼睛睁得更大了，原来他知道孟樵！原来他了解她的一举一动！她瞪着他，好半天，无法说话，也无法移动，然后，她垂下了眼睑，像蚊子叫般轻哼了一句：

"我想回家。"

他凝视了她好一会儿，咬着牙，他忍耐地叹口气：

"好吧，我送你回家！"

没有吃海鲜，没有吃晚饭，甚至，没有再多说什么。在开车回台北的路上，他们两个都默然不语，都若有所思，都精神恍惚。宛露不再唱歌了，她失去了唱歌的情绪，只是这样一趟淡水之行，似乎把她身上某种属于童年的、属于天真的欢愉给偷走了。她无法分析自己的情绪，只能体会到一种莫名其妙的酸涩，正充盈在她的胸怀里。

车子回到台北，天已经完全黑了。台北市，早已是万家灯火。友岚低低地说了句：

"饭也不吃了吗？"

"不想吃！"

他偷眼看她，咬住嘴唇，和自己生着闷气。不吃就不吃，他加快了车速，风驰电掣地把她送到了家门口。

宛露跳下车来，按了门铃，回眼看友岚，他仍然坐在驾驶座上，呆呆地望着她出神。她心里不由自主地掠过一阵温柔而怜悯的情绪，她想说什么，可是，门开了。

兆培看到宛露，似乎吃了一惊，他立即说：

"你们不是预备玩到很晚才回来吗？"

友岚一句话都没说，一踩油门，他的车子冲走了。

宛露往屋子里走，兆培慌忙伸手拦住她。

"别进去，家里有客人！"

"有客人？"宛露没好气地说，"有客人关我什么事？有客人我就不能回家吗？哦——"她拉长声音，恍然大悟地站住了，"是玢玢的父母，来谈你们的婚事，对不对？这也用不着瞒我呀！"

甩甩头，她自顾自地冲进了屋子，完全没去注意兆培脸上尴尬的神情。

一走进客厅，她正好听到母亲在急促地说：

"许太太，咱们这事再谈吧，我女儿回来了。"

许太太？玢玢是姓李呀！她站住了，立即，她看到一个装扮十分入时的中年女子，和一个白发萧萧、大腹便便的老年绅士坐在客厅里。父母都坐在那儿陪着他们，不知道在谈什么，她一进去，就像变魔术似的，全体人都愣在那儿，呆望着她。

她不解地摸摸头发，看了看自己的衣服，似乎并没什么不得体之处呀，为什么大家都好像看到火星人出现了一般？她正错愕着，段立森及时开了口：

"宛露，这是许伯伯和许伯母。"

宛露对那老头和女人扫了一眼，马马虎虎地点了个头，含含糊糊地叫了声：

"许伯伯，许伯母！"

那许伯伯坐着没动，只笑着点了个头，许伯母却直跳了起来，一直走到她的身边，一下就抓住了她的手，把她从上到下地打量着。她被看得好不自在，也瞪着那许伯母看：一头烫得卷卷的头发，画得浓浓的眉毛，眼睛上画着眼线，却遮不住眼角的鱼尾纹，戴着假睫毛，涂着鲜红的口红……记忆中，家里从没有这一类型的客人！她皱紧眉头，想抽出自己的手，那许伯母却把她抓得更紧了。

"啊呀，她长得真漂亮，是不是？段太太，她实在是个美人坯子，是不是？五月二十的生日，她刚满二十岁，是不是？啊呀！"她转头对那个许伯伯说，"伯年，你瞧！她好可爱，是不是？"她的嘴唇哆嗦着，眼里有着激动的泪光。

这是从什么地方冒出来的冒失伯母！宛露用力把自己的手抽了回来，脸上一定带出了不豫之色，因为，父亲很快地开了口：

"宛露，你很累的样子，上楼去休息吧！"

她如逢大赦，最怕应付陌生客人，尤其这种"十三点"型，故作亲热状的女人！她应了一声，立即转身往楼上冲去，到了楼上，她依稀听到母亲在低低地、祈求似的说：

"许太太，咱们改天再谈吧，好不好？"

什么事会让母亲这样低声下气？她困惑地摇摇头，冲进了卧室，她无心再去想这位许伯母。站在镜子前面，她望着镜中的自己，心里迷迷糊糊地回忆着松林里的一幕。友岚，他竟取得了自己的初吻！初吻！她望着自己的嘴唇，忽然整个脸都发起烧来了。

4

孟樵每天早上醒来，睁开眼睛第一眼看到的，一定是墙上那张放大照片——父亲和母亲的合影。虽然这张照片已经有二十年以上的历史了，却依然清晰。他常会不自觉地对这张照片看上很久很久，照片里的母亲才二十几岁，那么年轻，那么漂亮，带着那样幸福而恬静的微笑。父亲呢？大家都说自己长得像父亲，几乎是父亲的再版。是的，父亲是英俊潇洒的，他们依偎在一块儿，实在是一对璧人！为什么老天会嫉妒这样一对恩爱的夫妻呢？为什么像父亲那么好的人，却会只活到二十八岁？每次，他一面对这张照片，就会否定"神"的存在，如果这世界上有神，这位"神"是太疏忽了，太残忍了。

这天早晨，他又对这张照片默默地凝视了好久，外面那间客厅兼餐厅里，母亲摆碗筷的声音在叮当作响。他倾听了一会儿，心里有根纤维，在那儿牵动着他的心脏。与母亲无关，这牵动的力量来自一个神秘的地方，强烈、有力，而带着股使人无法抗拒的魔力！他眼前浮起宛露的脸，那爱笑的嘴角，那清亮的眼睛，那调皮的神情和那天真坦率的语言！世间怎会有她那样的女孩？不知人间忧苦！欢乐、青春、喜悦，热情而敏锐！世间怎会有那样的女孩？他的心怦怦然地跳动，一种灵魂深处的渴望，像波涛般泛滥了起来。

翻转身子，他拿起床头的电话，开始拨着号码，那已经记得滚瓜烂熟了的号码。

"喂！"对方是个年轻男人的声音，"哪一位？"

"我姓孟，请段宛露小姐听电话！"

"宛露？"那男人似乎放下了听筒，却扬着声音大喊，"宛露！又是那姓孟的小子来电话，说你在还是不在？要不要我回掉他？"

这是什么话？他心里朦胧地想着，知道这准是宛露那鲁莽的哥哥！看样子，自己和宛露的交往并不怎么受支持。为什么呢？他想不明白。却听到一阵急促的脚步声，接着，是宛露那清脆的嗓音，在那么可爱地抗议着：

"哥！你少管我的闲事！快八点钟了，你还不去上班！"接着，听筒被拿起来了，宛露的声音传了过来，"喂！孟樵？"

"是的。"他的声音带着一股自己也不了解的迫切，"今天能见面吗？"

宛露似乎迟疑了一下。

"什么时间？"她的声音有点软弱。

"我整天要跑新闻，"他下意识地看看手表，"中午……

哦，中午不行，有个酒会必须参加，下午……下午又不行……"

"你在搞什么鬼？"宛露不满地说，"我并不是你的听众，你有时间的时候，我可不一定有时间！"

"晚上！"他急急地说，"我到报社交完稿子就没事了！晚上八点，我在雅叙等你！不见不散！"

"晚上八点吗？"宛露似乎在思索，在犹豫。同时，孟樵听到电话筒边，那位"哥哥"在鲁莽地大吼：

"宛露！你少开玩笑！晚上我们是约好了去华国的，你别拿人家顾友岚……"电话筒被蒙住了，他听不到下面的声音，一时间，孟樵焦躁了起来，那股迫切的感觉就更紧地捉住他了。他打床上坐起身子，握紧了听筒，在这一瞬间，他觉得自己今晚如果见不到她，就会死掉似的。他无法遏止这种疯狂般的冲动，就对听筒里叫了起来：

"宛露！我告诉你，今晚我一定要见你，有话和你谈！别找理由拒绝……"

"孟樵！"她打断了他，"不是我找理由，你约的时间不巧，我今晚真的有事……"

真的有事！去华国！没有舞伴不可能去华国！那莫名其妙的妒意已把他整个控制了。他喊了起来：

"晚上八点钟我在雅叙等你！你来也罢，不来也罢！反正我整个晚上不离开雅叙！"

说完，他不再等答案，就砰然一声挂断了电话。跳起身子，他换着衣服，嘴里叽里咕噜地诅咒，诅咒那横加干扰的"哥哥"，诅咒那莫名其妙的"舞伴"，诅咒那声光都是第一流的"华国"！刚换好衣服，他猛一抬头，发现母亲不知何时已推开了房门，含笑地站在房门口，安安静静地望着他。母亲那对锐利而解事的眸子，正带着种洞察一切的神情，一直注视到他内心深处去。

"怎么？樵樵，一清早就发脾气！"

樵樵！孟太太永远改不掉他自幼就被喊惯了的称呼。他皱皱眉头，心里的烦躁和不安还没有平息。孟太太走了进来，把手温和地压在他那结实而有力的胳膊上。母亲的手指纤柔修长，是一双很好的、标准的弹钢琴的手，就靠这双手，母亲独立撑持了这么多年，抚养他长大成人。亲恩如山重，母爱似海深！他迎视着孟太太的眼光，心里的焦躁不由自主就平息了好多。

"我告诉你，樵樵，"孟太太说，"对女孩子，不要操之过急，欲擒故纵这句话，听到过吗？"

"哦！"孟樵讶异地看着母亲，"妈，你怎么知道有个女孩子？"

孟太太含蓄地笑了，笑容里却隐藏不了一份淡淡的凄凉和哀愁。

"你父亲去世的时候，你才只有三岁，这么些年来，我们母子二人，相依为命。从小，你有什么事瞒得住我？自从三个月以前，你说撞着了个冒失鬼开始，就跟变了一个人似的。"她含笑凝视他，"那冒失鬼很可爱，是不是？"

他在母亲的注视下无法遁形。

"哦，妈！"他叹息地说，"她快把我弄疯了。"

"这么快吗?"孟太太惊愕地,"你们这一代年轻人真奇怪,谈恋爱也像驾喷射机似的。"

"恋爱吗?你错了!"孟樵懊恼地说,往外屋冲去,"如果是恋爱就好了!她像一条滑溜的鳝鱼,无论你怎么抓她,她都溜得出去。老实说,我和她之间,还什么都谈不上呢!"

他走到外屋,发现早餐已整齐地摆在桌上,本来,这个电话已经把他弄得神魂不定,根本没有胃口吃早餐,可是,看着那热腾腾的清粥,那自己最爱吃的榨菜炒肉丝,那油炸花生和皮蛋拌豆腐……他就不能不坐到桌边去。母亲要教中学,又收了学生补习钢琴,这么忙碌之下,仍然细心为他弄早餐,他怎么能忍心不吃?他知道,自己平常不在家吃饭的时候,母亲常常只吃几片烤面包就算了。自从他跑新闻以来,在家吃饭的时间是越来越少了,看着那一桌子的小菜,他忽然品味出母亲的寂寞。坐了下去,他拿起筷子。

"告诉我,"孟太太在他对面坐了下来,"那女孩叫什么名字?"

"段宛露。"

"她家里做什么的?"

"她爸爸是×大的教授,教中国文学。"

"听起来不坏嘛!"孟太太微笑地望着他,"她自己呢?还在念书吗?"

"毕业了,世界新专毕业的,学编辑采访,和我倒是同行。下月初就要去一家杂志社当记者。"

"唔,"孟太太点点头,深思地,"她一定很漂亮,很活跃，很会说话。”

“你怎么知道？”孟樵诧异地。

“别管我怎么知道，我说得对不对呢？”孟太太问。

“很对。”他由衷地佩服母亲的判断力。

“这样的女孩子是难缠的！”孟太太轻叹了一声，“樵樵，她会给你苦头吃的！可是，天下没有不苦的爱情，你去追寻吧！但是，樵樵，听我一句忠言……”

“妈？什么忠言？”他抬起头来。

“学聪明一点。”孟太太语重而心长，“对感情的事别太认真，要知道，自古以来，只有多情的人，才容易有遗恨。”

“妈！”孟樵一惊，“你怎么会说出这种话来？”

“对不起！”孟太太惊觉地，“我并不是要说不吉利的话，我只是——想起你父亲。”她惨然地、勉强地笑了笑，“去吧！我知道你要赶到机场去采访！”

孟樵凝视了母亲好一会儿，推开饭碗，他站起身来，走到孟太太身边，他用胳膊搂住母亲那瘦小的肩，给了她紧紧的一抱，就一语不发地转过身子，走出了大门。走了好远，他回过头来，看到母亲依然站在门口，目送着他。母亲那小小的身影，是瘦弱的、孤独的、寂寞的。

晚上八点钟，孟樵准时到了雅叙。

在固定的位子上坐了下来，他四面张望，没有宛露的影子，叫了一杯咖啡，他深深地靠在那高背的沙发椅中，不安地等待着。晚上的雅叙是热闹的，一对对的情侣，还有一些学生，一些谈生意的人，散坐在各处。那电子琴也不再孤独，一个穿着长礼服的女孩子，正坐在那儿弹奏着《乡村路》。有个三人的小乐队，弹着吉他，随着那琴声在抑扬顿挫地唱着。

孟樵点燃了一支烟，他很少抽烟，也没有烟瘾。只因为当记者，身上总习惯性地带着烟，以备敬客之用。现在，在这种不安的、等待的时光里，他觉得非抽一支烟不可。喷着烟雾，他的眼光一直扫向雅叙的门口，没有人，不是没有人，而是没有他等待的人。一支烟抽完了，他不自禁地又燃上了一支。那小乐队已开始在唱另一支歌：《黑与白》。

时间一分一秒地消逝，期待的情绪烧灼得他满心痛楚。她在哪儿？华国吗？家里吗？他想去打电话，却固执地按捺着自己。如果她今晚不来，一切可能也就结束了！他不能永远固执地去追一片云啊！可是，她如果不来，他会结束这段追逐吗？他真会吗？他眼前又浮起宛露的脸，那狡黠的、可爱的，具有几百种变化、几千种风情的女孩呵！他心中的痛楚在扩大、扩大、扩大……

九点了，她肯定不会再来了。他手边有个卷宗，里面是他采访用的稿纸，打开卷宗，他取出一沓稿纸，开始用笔在上面胡乱地涂着句子，脑子里是迷乱的，心灵上是苦恼的。她并没有什么了不起！他模糊地想着，她只是个年轻而慧黠的女孩，这种女孩车载斗量，满街都是！她只是比一般女孩活泼、洒脱，鲁莽而任性，这也不能算是优点，说不定正是缺点！但是，天哪！他用力地在稿纸上画了一道，把稿纸都穿破了。天哪！他就喜欢这个充满了缺点的女孩！他就喜欢！他满心满意满思想都是这个女孩，这个根本不在乎他的女孩!

"我完了!"他喃喃自语,"这是毫无道理的,这是无理性的,可是,从碰到她那一天起,我就完了。"

十点钟了。

他继续在稿纸上乱涂,已经不再期待了,只是任性地、固执地坐在那儿,机械化地涂抹着稿纸,稿纸上写满了一个名字:段宛露,段宛露,段宛露,段宛露……你是一个魔鬼,你是我命里的克星!

一片阴影忽然罩在他的头上,有个熟悉的声音,小小地、低低地、怯怯地说:

"我来了!"

他猛地抬起头来,几乎不敢相信自己的耳朵,更不敢相信自己的眼睛,宛露正亭亭玉立地站在他面前。墙上的火炬幽柔地照射着她,她换了装束,一件黑绸子的长袖衬衫,下面是一条红格子的曳地长裙,她薄施了脂粉,淡淡地画了眉,淡淡地涂了口红,眼睛乌黑乌黑的,睫毛又密又长,眼珠是水盈盈的。天哪!他抽了一口气,她好美好美!喜悦在他每个毛孔中奔窜,不信任的情绪从头到脚地笼罩着他,然后,那疯狂般的兴奋就鼓舞了他每根神经。他盯着她,一瞬也不瞬地。

"哦,你来了!"他茫然地重复着她的话。

她在他对面坐了下来。是因为她化了妆吗?是因为她换了打扮吗?她看来一点男孩子气都没有了,非但如此,她是女性的、娇怯的、无助的、迷惘的。她唇边那个笑容也是勉强的、虚弱的，带着抹难以解释的、可怜兮兮的味道。怎么了？她的神采飞扬呢？她的喜悦天真呢？她的活泼跳崺呢？这一刻的她，怎么像一个迷了路的小羔羊？她受了委屈吗？她发生了什么事情吗？

"你等了我很久了？"她问，声音仍然是低低的。

"是的。"他更深更深地凝视她，"你从什么地方来的？家里吗？"

她摇摇头。

"我这身打扮，像是在家里的样子吗？"她反问，几乎是悲哀地说了一句，"我是从华国来的。"

他一震，瞪着她，默然不语。

"让我告诉你一件事，"她说。侍者送来了咖啡，她就无意识地用小匙搅着咖啡，她的眼光注视着杯子，睫毛是低垂着的。"许多年许多年以前，我就认识一个男孩子，他的名字叫顾友岚。他是我的好朋友、大哥哥，你说他是我青梅竹马的男朋友，也未始不可。我们两家是世交，顾伯伯和顾伯母待我像待自己的女儿。"她顿了顿，望着杯子里冒的热气，"刚刚，我就和他在华国跳舞，另外还有我哥哥和他的女朋友，我们玩得好像很开心，也应该很开心，可是，我知道你在这儿。"她又停住了，慢慢地抬起睫毛来，黑蒙蒙的眼睛里带着一层雾气，"忽然间，我觉得很烦躁，很不安，我告诉他们，我去一下洗手间，就叫了辆计程车，一直到这儿来了。我想，现在，他们一定在翻天覆地地找我。"她悲哀地瞅着他，"你瞧，我是下决心不来的，却不知怎的，仍然来了。"

他迎视着她的目光，心脏在擂鼓般地跳动，伸过手去，他握住了她的手，他想说什么，却突然觉得自己十分笨拙，笨拙得无法开口，笨拙得不知道该说什么。她的眼光从他脸上移到那沓稿纸上，抽出手来，她去取那沓稿纸，出于本能，他用手按住那沓纸，她抬头凝视他，他松了手，叹口气，靠进椅背深处，让她去看那沓稿纸。

第一张，全是她的名字：段宛露，段宛露，段宛露，你是魔鬼，你是我命中的克星！

第二张，全写满了"一片云"：一片云，一片云，一片云，你飘向何方？你落向何方？你去向何方？

第三张，是一首小诗：

  如果你是一片云，

  我但愿是一阵风，

  带引你漂洋过海，

  挽着你飘向天空。

  如果你是一片云，

  我一定是一阵风，

  托着你翻山越岭，

  抱着你奔向彩虹！

  如果你是一片云，

  我当然是一阵风，

  绕着你朝朝暮暮，

  诉尽我心事重重！

如果你是一片云，

我只好是一阵风，

伴着你天涯海角，

追随你地远天穷！

她抬起头来，愣愣地望着他。他从她手里抢过那沓稿纸，眼底里有一份狼狈的热情，他粗鲁地说：

"够了，你不能让一个男人，在你面前毫无保留！"

她继续盯着他，她的眼睛发亮，面颊发光，那乌黑的眸子里，燃烧着一簇火焰。

"为什么？"她问。

"什么为什么？"他粗声粗气地。

"你为什么喜欢我？"

"因为……"他瞪着她，眼光无法从她的注视下移开，他费力地、挣扎地说，"因为……你像一片云。我从没有碰到过像你这样的女孩！"

"你知道吗？"她幽幽地说，"云是虚无缥缈的，你无法去抓住一片云的！"

"是吗？"他把她拉起来，"我们离开这儿。"

"到什么地方去？"

"出去走走，我已经在这儿坐了快三小时了。"

离开了雅叙，室外，一阵凉爽的、初秋的夜风迎面而来，空气里飘荡着一种不知名的花香。天边，挂着疏疏落落的星星，闪耀着璀璨的光芒。他挽住她，往忠孝东路的方向走去。

夜深了，街上只有几辆空计程车，飞快地驰过。她不知道他要带她到哪儿去，却被动地、无言地跟随着他。

不知不觉地，他们到了孙中山纪念馆，拾级而上，他们站在一根石柱的前面，她靠在石柱上，他仰头看着天空。

"帮我一个忙好吗?"他低低地说。

"什么?"

"不要再和你那位青梅竹马在一起。"

"你不觉得你要求得太过分吗?"

他沉默了片刻，眼光从层云深处收了回来，落在她脸上。

"那么，帮我另外一个忙好吗?"

"什么?"

"闭上你的眼睛！它太亮了。"

"为什么?"

"闭上它！只要几秒钟。"他命令地说。

她闭上了。于是，猝然间，她被拥进了他的怀里，他那灼热的嘴唇，迅速地捕捉了她的。她觉得一阵晕眩，似乎整个人都轻飘飘地飘了起来，像一片云，正往上升，往上升，往上升，一直升到好高好高的天空里。而他，是那阵微风，托着她，带着她，绕着她，抱着她，一起飞向一片彩色缤纷的彩虹里。她的手臂不知不觉地绕了过来，抱住他的脖子，抱得紧紧的。她的心在跳，她的思想在飘，她的人在化为虚无。

好一会儿，他抬起头来，她迷迷蒙蒙地睁开了眼睛，他的脸在月光下闪亮，眼珠像天际的两颗星光。他的呼吸沉重而急促。

“现在，你心里还有那个青梅竹马吗？”他问。

“哦！”她眩惑地低呼，“我怎么会认识了你？我的世界原来那么单纯，你把我的生活完全搅乱了！”

“你不知道，”他重重地叹息，“是你把我的生活完全搅乱了！哦，宛露！天知道，我从没有发现，我会有这么强烈的感情！宛露！”他重新拥住了她，把她的头紧压在自己的肩上，他的嘴唇贴着她的耳朵，“我不会放过你，宛露，不管你有没有青梅竹马，不管你是云还是星，我不会放过你！永远不会！”

依稀仿佛，有另一个男人对她说过：

“我会等你，宛露，我永远会等你！”

她甩了一下头，把那个男人甩掉了。她的手臂环抱住了他的腰，有生以来第一次，她全心全意陶醉在一种崭新的、梦似的情怀里。

5

　　"妈妈，"宛露站在穿衣镜的前面，张着手，她正在试穿一件段太太帮她买来的洋装，"我可不可以不去顾家吃晚饭，我有预感，这顿饭我一定会很拘束。"

　　"为什么呢?"段太太一边问着，一边用手捏紧那衣服的腰部，用大头针别起来做记号，"又是腰太大了，脱下来，我五分钟就给你改好。"

　　"我真的不想去，妈!"宛露脱下了洋装，换上一件衬衫和长裤，"我讨厌应酬!"

　　"和顾伯母吃饭是应酬吗?"段太太深深地看了女儿一眼，"顾家是看着你长大的!你两三岁的时候，我有事要出门，总把你托给顾伯母照顾，你在他们家里淘气闯祸也不知有多少次了，而现在，你居然怕到顾家去!为了什么?宛露，你的心事我了解，是为了友岚吗?"

　　"噢，妈妈!"宛露懊恼地喊了一声，坐在床沿上，用手指烦躁地拨弄着床栏上的一个小圆球，"我真烦，我真希望我从没有长大！"

段太太把手里的衣服放在椅背上，走过来，她用手搂住宛露的头，宛露顺势就把脸埋进她的怀里去了。

"妈妈，"她悄声说，"我告诉你一个秘密，你不可以生我气。"

段太太微微地痉挛了一下。

"宛露，我从来就没生过你的气。"

"妈妈，请你们不要再拉拢我和友岚，"她低语，"我和他之间不可能有发展。真的，他像我一个大哥哥，和兆培一样，我总不能去和兆培谈恋爱。"

段太太沉思着，她用手抚摸宛露那柔软的长发。

"是为了姓孟的那个记者吗？"她温和地问。

宛露微微一震。

"你怎么知道？"

"一个母亲，怎么可能不知道女儿的心事呢？"段太太微笑着说，推开宛露，审视着她那张漾着红晕的面庞，和她那醉意迷蒙的眼睛，"听我说，宛露。"她深刻地说，"只要你快乐，只要你幸福，我和你爸爸，不会勉强你做任何事，何况，爱情本身，是一件根本无法勉强的事情。不过，你必须去顾家吃饭，今天是顾伯母过生日，你在礼节上也应该去。"

"可是……可是……"宛露抓耳挠腮，一副烦恼而尴尬的样子。"可是什么？"段太太不解地。

"妈妈！"宛露忍无可忍地说，"友岚和我在怄气呢！我们已经两个礼拜没见面也没说话了！"

段太太望着女儿，点了点头。

"我知道。"

"你知道？"

"兆培说了，你和他跳了一半舞就溜了，友岚认为是奇耻大辱。"

"所以呀！"宛露皱着眉说，"你叫我去他家，多难堪呀！大家见了面怎么办呢？"

"我向你保证，"段太太微笑着说，"他绝不会继续给你难堪的，只要你去了，他就够高兴了。"她拿起椅背上的衣服，"我帮你改衣服去，你也梳梳头，打扮打扮，好吗？"她摇摇头，"跳一半舞就溜了，只有你才做得出这种事来！"

宛露目送母亲走出门的身影，她嘴中叽咕了几句自己也不知道是什么的话，就走到梳妆台前，胡乱地用刷子刷着头发，才刷了两下，楼下兆培的声音大叫着：

"宛露！电话！要不要我回掉他！"

准是孟樵打来的！这死兆培，鬼兆培，要命的兆培！他每次接到孟樵的电话都是这样乱吼，存心给孟樵难堪，他是标准的"保顾派"！她三步两步地冲下楼，一面跑，一面嚷着说：

"妈！我要在我房里装电话分机！"

"好呀！"兆培喊着，"要装，大家都装，每人屋里一个，你谈情说爱的时候我也可以加入！"

宛露狠狠地瞪了兆培一眼，握起电话，声音不知不觉就放得柔和了：

"喂？"

"喂！"对方的声音更柔和，"宛露，咱们讲和了，怎么样？我开车来接你们，好不好？"

天哪，原来是顾友岚！宛露就是有任何尴尬，也无法对这样温柔的语气摆出强硬态度，何况，上次从夜总会里溜走，总是自己对不起人家，而不是人家对不起自己。想到这儿，她心底就涌起了一股又是歉疚，又是不安的情绪，这情绪使她的声音低柔而甜蜜。

"不要，友岚！我们自己来，马上就来了。但是，"她调皮地咬咬嘴唇，"你还在生气吗？"

"生气？对你吗？"他叹了好长的一口气，"唉！宛露，我真希望我能一直气下去！你……唉！"他再叹气，"我拿你完全无可奈何，你快把我的男儿气概都磨光了！我想，我前辈子欠了你的债！"他顿了顿，"来吧，你们还在等什么？快来吧！"

挂断了电话，她一眼看到兆培正斜倚在沙发边望着她，脸上带着个似笑非笑的表情。她对他做了个鬼脸，嚷着说：

"你笑什么笑？"

"谁规定了我不可以笑？"兆培问。

"你的笑容里不怀好意！"宛露说，"你心里不知道在转什么鬼念头！"

"你要知道我心里的鬼念头吗？"兆培盯着宛露，"我在可怜友岚，假若你是我的女朋友，我早把你给开除了！像你这种女孩，碰到了就算倒霉！我就不懂，世界上怎么有像顾友岚这种死心眼的人！"

"你少发谬论了！"段立森走了过来，在儿子肩上按了一下，"你只会批评别人！上次你给玢玢打电话，我亲耳听到你左一句对不起，右一句行个礼，闹了好半天！"

"啊哈！"宛露鼓掌大笑，"原来你也有吃瘪的时候！我看你以后还在我面前神勇吗？"

"好了！"段太太拿着衣服走出来，"宛露，去换上衣服，我们走了！"

"一定要换衣服吗？"宛露握着那件洋装，"我觉得穿长裤最舒服！"

"到底，今天是顾伯母过生日呀！"段太太说，"穿得太随便，是件不礼貌的事情。"

宛露不再争辩，上了楼，她换了衣服。这是件黑色薄呢的洋装，只有袖口和领口，滚着一圈细细的小红边。经过母亲的修改，这衣服十分合身，镜子里的她亭亭玉立，纤腰一握，身材是苗条而修长的。她望着自己，那大而黑的眼睛，那薄薄的嘴唇和尖尖的下巴。脑子里忽然浮起一个女性的声音：

"段太太，她实在是个美人坯子，是不是？"

谁说过的话？记不得了。摇了摇头，她转过身子，跑到楼下去了。

半小时以后，他们已经全体到了顾家。

顾太太是第一个迎出来的，一看到宛露，她的眼睛就发亮了，直奔过来，她一把就把宛露拥进了怀里，从上到下地望着她，眼光里充满了由衷的眩惑与宠爱，她抬头对段太太说：

"慧中，你瞧这孩子，穿上洋装我都不认得了。时间真快，是不是？眼睛一眨，孩子们都大了！宛露已经完全是个小美人了。我总记得，她刚……"

段太太轻咳了一声，顾太太和她交换了一个眼神，仍然把自己的话说完：

"她刚出生的时候，瘦得像个小猫！是不是？慧中？那时候，不是我说你，宛露，"她拍着宛露的背脊，"你实在不怎么漂亮，头发也没有，成天只是哭，你妈抱着你啊，三天两头地跑医院，把医院的门槛都跑穿了。又是鱼肝油，又是葡萄糖……呵！宛露，带大你可真不简单，没看过比你更难带的孩子！但是，现在，居然长得这么漂亮，又这么健康了。"

宛露惊奇地看着母亲，笑着。

"妈，我小时候很丑呀？"

"你以为你现在就漂亮了吗？"兆培抢着说，"人家顾伯母和你客气两句，你就当了真了！你呀，直到现在，还是个丑丫头！"

"哥哥！"宛露大叫，"你以为你又漂亮了吗？你还不是个浑小子！"

"好了！"段立森说，"反正咱们的一对儿女都不怎么高明，一个是浑小子，一个是丑丫头！"

满屋子的人都笑开了。顾仰山走了过来，他和段立森是中学同学，又是大学同学，可以说是将近四十年的老朋友了。而且，他们还是棋友，两个人都爱下围棋，才坐下来没多久，顾仰山就把围棋盒捧了出来，对段立森说：

"杀一盘？"

"要杀就杀三盘，"段立森说，"而且要赌彩。"

"可以！"顾仰山豪放地说，"赌一百元一盘，先说明，你可不许悔子。"

"我悔子？"段立森不服气地，"你输了别怪人倒是真的，上次你输了，硬怪友岚打电话吵了你！"

"瞧，"顾太太说，"又杀上了。仰山，今天是我过生日呢！"

"得了，碧竹，"顾仰山对太太说，"过生日还不是个借口，主要是老朋友聚聚而已。而且，说真的，咱们这年龄啊，多过一个生日多老一岁，也没什么值得庆祝的了！还是下棋要紧！"

"嗜，道理还不少呢！"顾太太望着段太太，"慧中，下辈子咱们再嫁人，绝不能嫁棋迷！"

两位太太都笑了起来，两位先生却已经杀开了。

这儿，友岚望着宛露。

"宛露，上班上得如何？"

"很好呀！"宛露笑着说，"不过，本来把我派在采访部，现在把我调到编辑部去了。"

"为什么？"

"上班第一天，他们要我去采访一位女作家，我劈头第一句话就问她，你相不相信你自己所写的故事？她说相信，我就一本书一本书跟她辩论，访问了五个小时。那作家不太有风度，她打个电话给我们社长说，你派来的不是一个记者，是个雄辩家。我们社长把我叫去问话，我说，什么雄辩家，了不起是个雌辩家罢了！我们社长也笑了，他说我这脾气不能当记者，还是去编辑部看稿吧！所以，我就给调到编辑部了。"

友岚望着她，不能自已地微笑着。笑着，笑着，他的笑容凝住了。

"宛露，"他低声说，"别再玩上次不告而别的花样，好不好？即使我曾经有冒犯过你的地方，我也不是有意的，你犯不着报复我，是不是？"

宛露的脸红了。

"你完全误会了，"她坦率地说，"我这人不会记仇，也不会记恨，我从来没有要报复你。那天的不告而别吗？是因为……是因为……"她哼哼着，"我忽然想起一件很重要的事，非马上办不可。"

友岚死死地盯着她。

"到我房里来一下好吗？"他耳语着。

"不好。"她答得干脆。

"我要给你看一件东西。"

"不想看。"

兆培不知何时溜到了他们身边。

"友岚，你千万别给宛露看那样东西，"他神神秘秘地说，"宛露的胆子最小，尤其对于动物，她连小猫小狗都会怕，一只老鼠可以使她晕倒！所以，你养的那个东西，绝对不能给宛露看到！"

宛露狐疑地看看兆培，又看看友岚，好奇心立即被勾了起来了。她怀疑地说：

"友岚，你养了什么？"

"别告诉她！"兆培说。

"友岚，到底是什么？"宛露扬着头，讨好地看着友岚，"你告诉我，哥哥最坏，你别听他的！"

"不能说，友岚，"兆培说，"天机不可泄露！"

宛露望了望他们两个，把下巴抬高了。

"我知道了，你们在唬我，肯定友岚房里什么都没有！你们以为我是傻瓜呢！"

"怎么什么都没有！"兆培叫了起来，"一只猫头鹰！一只活的猫头鹰！可以站在你的肩膀上跟你说话，又不认生，又喜欢和人亲热，才可爱呢！"

宛露立即跳了起来，往里面就跑。友岚看了兆培一眼，兆培对他挤了挤眼睛，于是，友岚也跟着宛露跑进去了。

顾太太一直冷眼旁观着这一幕，这时，她注视着兆培，笑笑说：

"兆培，你是越来越淘气了。"

"顾伯母，"兆培笑嘻嘻地说，"友岚太死心眼，太老实，太不会玩花样，对付我妹妹这种人啊，一定要用点手腕才行！"

"好像你的手腕很好似的！"段太太笑望着儿子。

"最起码，我没让玢玢翻出我的手掌心！"

这儿，宛露一冲进友岚的房间，就发现上了大当。什么猫头鹰，房里连只小麻雀都没有。宛露四面张望了一下，反身就想往屋外跑，可是，友岚已经把房门关上了。背靠在门上，他定定地望着她。

"停一分钟！"他说。

"为什么要骗我？"她恼怒地，"哪儿有什么猫头鹰呢？我看你才是一只猫头鹰！又阴险，又狡猾！"

"并不是我说有猫头鹰吧？"友岚赔笑地说，"我从头到尾就没说过什么猫头鹰的话，这是你哥哥说的，你怎么也记在我的账上呢！"

"反正你们是一个鼻孔出气，两个都是坏蛋！"

"好吧！"友岚忍耐地说，"就算我是坏蛋！"他让开了房门，忽然间兴致消沉而神情沮丧，"你走吧！我没料到，只有猫头鹰才能把你吸引住，如果我知道的话，别说一只猫头鹰，十只我都养了。"

他的语气、他的神情、他的沮丧和消沉使她心中一紧，那股怜悯的、同情的情绪油然而生。她望着他，好一会儿，然后她走到他身边，轻声地说：

"你到底要给我看什么？"

"现在已经不重要了。"他摇了摇头，"不看也罢！"

她的眼睛里漾起一抹温柔的光彩，她把手轻轻地扶在他的手腕上。

"我要看！"她低声而固执地说。

他抬眼看她，在她那翦水双瞳下昏乱了。

"哦，宛露！"他说，"总有一天，我会为你而死！"

"少胡说！我们又不拍电影，别背台词！"

他点点头，走到书桌旁边，他打开了抽屉，取出一本厚厚的剪贴簿。走回到宛露身边，他把那剪贴簿递在她手里。她有点诧异，有点惊奇，有点错愕。慢慢地，她翻开了封面，那米色的扉页上，有几行用美术体写出来的字：

本想不相思，

为怕相思苦，

几番细思量，

宁可相思苦！

她心中一跳，立刻想起到淡水去的路上，她和他讨论过这首小诗，当时自己对这"宁可"两个字，表示了强烈的反感。而他，为什么要写下这首小诗？抬起头来，她询问地望着他。他静静地说：

"我用了很久的时间，终于体会出'宁可'这两个字的深意了，当你得不到，又抛不开的时候，除了'宁可'，又能怎样？"

她垂下头，默默地翻开了那张扉页，于是，她惊愕地发现自己的一张照片，大约只有三四岁，光着脚丫，咧着大嘴，站在一棵美人蕉前面，丑极了。翻过这一页，又是一张照片，大约有五六岁了。再下去，是七八岁的……一页又一页，全是自己的照片，不知道他什么时候收集的，贴满了一本。大约到十五六岁时，照片没有了。想必，那时他已经去留学了，没机会再取得她的照片。她翻到最后一页，却赫然发现有两颗相并的红心，红心的当中，贴着两片已干枯的黄色花瓣。她愕然地抬起头来，瞪着他。

"记得吗？"他轻柔地说，"你过二十岁生日那天，我曾经从你头发上取下两片花瓣。金急雨！你说它是金急雨！对我而言，它倒像两滴相思雨！"

她闭了闭眼睛，蹙紧了眉头，合起那本册子，再扬起睫毛来的时候，她眼里已漾满了泪。

"友岚！"她轻轻地喊，声音里带着些震颤，"你不要这样子，你会把我弄哭。"

"你肯为我流泪吗？"他哑声说，用手托起了她的下巴，她那泪光莹然的眸子使他怦然心动了，他俯过头去，她立即闪开了。

"不要！友岚。"

他站住了，脸色发白。

"为了那个记者吗？"他问。

她恳求似的看了他一眼，这一眼里包含了千言万语。

"好，"他退开去，把那本册子收回到抽屉里，背对着她，他的声音冷静、清幽而坚决，"我不会灰心的，宛露！我会等着看这件事的结局！"

有人敲门，顾太太在外面喊着：

"吃饭了！宛露，友岚！有话吃完饭再谈！"

宛露很快地擦了擦眼睛，他们一起走出了房门。顾太太微笑地、探索地、研判地看了他们两个一眼，就用手亲热地挽着宛露的肩，温柔而宠爱地说：

"宛露，待会儿回去的时候，别忘了拿一件披肩，是我亲手为你钩的！你知道吗？你从一点点大的时候开始，就穿我为你打的毛衣了。不信，问你妈，是不是你从小就穿我打的毛衣？"

段太太笑着。

"岂止穿你打的毛衣！她出麻疹，还是你照顾的呢！"段太太说。

"所以啊，"顾太太怜惜地望着宛露，"慧中，你这个女儿应该有一半是我的！"

"别绕弯了，"段立森从他的围棋上抬起头来，"干脆给你做媳妇好了！"

"你说话算不算数呢？"顾太太瞅着他。

"爸！"宛露跺了一下脚。

"好了！好了！"顾太太慌忙说，"大家吃饭吧！仰山，不许再下棋了，再下我就生气了。"

"别忙，别忙，"顾仰山说，"我正在救这个角呢，我这个角是怎么丢的呢？"

"你再救角啊，"顾太太笑着说，"我们的肚子就都饿瘪了！"

一屋子的人都笑了起来。

6

　　下了班，走出××杂志社的大门，宛露向巷子口走去，一面走，一面心不在焉地张望着。因为孟樵已说好了来接她，请她去吃晚饭，她也已经打电话告诉母亲了。可是，巷口虽然行人如鲫，虽然车水马龙，却没看到孟樵的影子。站在巷口，她迟疑地、不安地、期待地四面看来看去。孟樵，你如果再不守时，我以后永远不要理你！她想着，不住地看手表，五分钟里，她起码看了三次手表，孟樵还是没出现。

　　一阵浓郁的香水味，混合着脂粉味，对她飘了过来，她下意识地对那香味的来源看过去，一眼接触到一张似曾相识的脸。一个中年的贵妇人，圆圆的眼睛，浓浓的眉毛，打扮得相当浓艳。她一定很有钱，宛露心里在模糊地想着，因为虽是初秋天气，她胳膊上已搭着一件咖啡色有狐皮领的薄呢大衣。这女人是谁？怎么如此面熟，她正在思索着，那女人已经趔趄着走到她面前来了。

"记得我吗？宛露？"那女人说。

宛露！她怎么知道她的名字？她睁大眼睛，绞尽脑汁地去思索，是的，她一定见过这女人，只是忘了在什么地方见过。

"哦，"她应着，坦率地望着她，"我不记得了，您是哪一位？"

"我到过你家，"那女人微笑着，不知怎的，她的笑容显得很虚弱、很单薄、很畏怯，还有种莫名其妙的紧张与神经质，"你忘了？我是许伯母，有一天晚上，我和我先生一起去你家拜访过。"

哦！她恍然大悟，那个神经兮兮，拉着她大呼小叫的女人！她早就没有去想过她，事实上，父母的朋友，除了几个熟客之外，她根本就无心接触，她总觉得那些朋友和自己属于两个时代、两个星球。当然，爸爸妈妈除外，爸爸妈妈是世界上最好的父母，最最开明，也最最解人的！可是，这位许伯母到底是何许人呢？

"许伯母！"她勉强地、出于礼貌地叫了一声，眼角仍然飘向街头，要命！孟樵死到哪儿去了？

"宛露。"那"许伯母"又来拉她的手了，她真不喜欢别人来拉自己的手。尤其，她实在无心去应付这个许伯母，她全心都在孟樵身上。"瞧！你这双小手白白净净的，好漂亮！"那许伯母竟对她的"手"大大研究起来了，"宛露，"她抬眼看她，声音里有点神经质的颤抖，"你在这家杂志社上班吗？"

"是的。"

"要上八小时吗？"

"是的。"

"工作苦不苦呀？"

"还好。"

"要不要我给你另外介绍一份工作，可以很轻松，待遇也很好，你许伯伯有好几家大公司，我让他给你安排一个好工作，不用上班的，好不好？"

"许伯母！"她又惊愕又诧异地，"天下哪有那么好的事？拿待遇而不上班？不！谢谢你，我很满意我现在的工作，我也不想换职业。"

"那么，"那许伯母有些焦躁，有些急迫，她仍然紧握着她的手，"到我家去玩玩，好不好？"

"现在吗？"她挑高了眉毛，"不行！我还有事呢！"她又想抽回自己的手。

"宛露，"那女人死拉住她，忽然有大发现似的说，"瞧瞧！这么漂亮的手指，连个戒指都没有！"她慌张地从自己手指上取下一个红宝石镶钻的戒指，就不由分说地往她手指上套去，"算许伯母给你的见面礼！上次在你家，我就想给你了，可是，你跑到楼上去了。漂亮的女孩子，就该有点装饰品。下次，我再给你买点别的……"

"喂喂，"宛露大惊失色了，她慌忙取下戒指，塞还她的手中，嘴里乱七八糟地嚷着，"这算怎么回事？许伯母，你怎么了？我干吗要收你的戒指？你……你……你这是干什么？

喂喂，许伯母，你别这样拉拉扯扯，我从来不收别人的礼物，你认得我妈，你当然知道我的家庭教育，我收了会给我妈骂死！喂喂，你干吗……"

她用力挣脱了许伯母的掌握，脸都涨红了。实在是莫名其妙！这女人八成有神经病！那许伯母握着戒指，僵在那儿了，她眼睛里浮起一丝凄苦的、几乎是祈求的表情：

"你妈不会骂你……"她幽幽地说，"只要你告诉你妈，是许伯母送的，她一定不会骂你……"

"不管妈会不会骂我，我都不能收！"她懊恼地嚷着，"好端端的，我凭哪一点来收你一份重礼……"

那许伯母还要说话，幸好，孟樵及时出现了，打破了这份僵局，他是连奔带跑蹿过来的，满头的汗，咧着张大嘴，一边笑，一边嚷，一边赔礼：

"对不起，宛露，我来晚了！你知道现在是下班时间，车子挤得要死！三班公共汽车都过站不停，我一气，就干脆跑步过来了！"

宛露乘机摆脱了那位"许伯母"。

"再见！许伯母，我有事先走了。"

她一把挽住孟樵，逃命似的往前面冲去，把那"许伯母"硬抛在身后了。孟樵仍然喘吁吁的，被她没头没脑地拉着跑，也不知道发生了什么大事，一连冲出去了好远，宛露才放慢了步子。也不说明是怎么回事，劈头就给了孟樵一顿大骂：

"你为什么要迟到？约好了时间，你凭什么不守时？要我站在路边等你，算什么名堂？你以为你好高贵、好神勇、好了不起吗？”

“喂喂，怎么了？宛露？”孟樵皱着眉说，“我不是一来就跟你道歉了吗？你要怪，只能怪我太穷，下次发年终奖金的时候，我一定买一辆摩托车，来去自如，免得挤公共汽车受闲气！”

“为什么不叫计程车？”她的声音缓和了。

“只有三站路，计程车不肯来，我有什么办法？”孟樵睁大了眼睛，瞪着她，一绺汗湿的头发贴在额上，那两道不驯的眉毛，在眉心习惯性地打着结，喘息未停，脸孔仍然跑得红红的。宛露看到他这副狼狈的样子，就忍不住又“扑哧”一声笑了。

“唉唉，”孟樵叹着气，“你是天底下最难伺候的女孩子，一会儿生气，一会儿又笑，我真拿你没办法！”

“难伺候，你就别伺候呀！”宛露噘着嘴说。

他站住了，看着她。她穿着件牛仔外套，牛仔裤，长发中分，直直地垂在肩上，一脸的调皮，一脸的倔强，那噘着的嘴是诱人的。那闪亮的眼睛，带着点儿薄嗔，带着点儿薄怒，是更诱人的。他又叹了口气。

“怎么净叹气呢？”她问。

“因为……因为……”他低低地说，“因为我想吻你。”

“现在吗？”她挑高了眉毛。

“是的。”

“你少胡闹了。”

他们正走到一栋新盖的大厦的屋檐下，那屋檐的阴影遮盖了他们。忽然间，他俯下头来，闪电般地在她唇边吻了一下。她吓了一大跳，慌张地说：

"你发疯吗？"

"我没办法，"他说，挽住了她，"我就是这脾气，想做什么，我就要做什么。而且，是你不好。"

"我怎么不好了？"她不解。

"你引诱我吻你。"

"我引诱你吗？"她惊叹而恼怒地，"你这人才莫名其妙哩！"

"怎么不是你引诱我？"孟樵热烈地盯着她，"你的眼睛水汪汪的，你的嘴唇红艳艳的，你的笑那么甜，你的声音那么好听，你的样子那么可爱，如果我不想吻你，除非我不是男人！"

"哎！"她惊叹着，"你……"她跺跺脚，"我真不知道怎么会遇到了你！"她又低声叽咕了一句，"都是那个皮球闯的祸！"

他挽紧了她，笑着。

"让我告诉你一件事，"他说，"我一生从没有感激一样东西，像感激那个皮球一样。如果不是怕别人骂我是疯子，我一定给那皮球立个长生牌位！"

她又笑了。

他盯着她。眼里又跳跃起热情的火焰。

"你真爱笑，你这样一笑，我就想吻你！"

"哎呀！别再来！"她拔腿就跑。

他追上了她，两人开始正正经经地往前走。

"刚刚那个女人是谁？"他想了起来，"和你在路上拉拉扯扯的！"

"是个神经病！"宛露皱着眉说，"我妈的朋友，什么许伯母，在街上碰到了，就硬要送我一个宝石戒指，天下哪有这种怪事？她准是家里太有钱了，没有地方用！真不知道我妈怎么会认识这种朋友。"

孟樵深深地凝视着她。

"你那位许伯母……"他慢吞吞地说，"有多大年纪了？"

"和我妈差不多大吧！那个许伯伯很老。"

"他们家里有——儿子吗？"

"我怎么知道他们家里有没有儿子！"宛露说，用脚把一块小石子踢得老远老远。

"不许踢石子！"他说。

"干吗？"

"万一砸在别人头上，说不定给我弄个情敌出来！"

宛露又要笑。

"你这人真是的！"她的眼珠闪闪发光，"你就是会逗我笑，然后又说我引诱你！"

"宛露，"孟樵把她的腰紧紧揽住，"听我说，那位许伯母，你最好敬而远之。"

"怎么呢？你也觉得她有神经病吗？"

"不。"孟樵更紧地揽住她，"我猜她有个儿子！我猜她在找儿媳妇，我猜她是个一厢情愿的女人，我还猜她正在转我女朋友的念头！"

"哎呀！"宛露恍然大悟地说，"你这一说，倒有点像呢！怪不得一见我面就品头品脚的！不过，怎么有这么笨的人呢？这都什么时代了，她还准备来个父母之命、媒妁之言吗？我连她那个儿子是副什么尊容都不知道呢！"

"帮个忙好吗？"孟樵打鼻子里哼着说。

"什么事？"

"别再惹麻烦了！你有个青梅竹马已经弄得我神魂不定了，别再冒出一个媒妁之言来！"

宛露悄眼看他。

"你以为我喜欢惹麻烦吗？"她说，"麻烦都是自己找来的！"

"那么，"孟樵也悄眼看她，故作轻松地问，"你那个青梅竹马怎么样了？你们还来往吗？他对你死心了吗？他知道有我吗？"

宛露低头看着地上的红方砖，沉默了。

"为什么不说话？"

宛露抬起头来，正视着他，坦白地、严肃地说：

"他知道有你，可是，他并不准备放弃我！我家和他家是世交，要断绝来往是根本不可能的事！而且，他是个好人，不只是个好朋友，还是个好哥哥，我不能为了你和他绝交！这种理由无法成立！"

他凝视她，然后，低下头去，他急促地迈着步子。她跟在他身边，几乎跟不上他的脚步。他咬紧牙关，闷着头疾走，走了好长一段，他忽然站住了，一把抓住她的胳膊，他用冒火的、坚定的、阴鸷的眼光，深深地注视着她，斩钉截铁地说：

"这不行！"

"什么不行？"宛露天真地问。

"你要和他断绝来往！"他命令似的说，"我不能允许他的存在！我不能！宛露，你如果了解我，你如果看重我对你的这份感情，你要和他断绝来往！"

"孟樵！"她喊，"你怎么这样霸道？"

"是的！"他咬牙切齿地说，"我是霸道的！在感情上，我自私，我独占，我不允许有人和我分享你，你说我不通情理也罢，你说我没有理智也罢，反正，我不能允许你和他来往！"

"你不能允许！"她被触怒了，惊愕地望着他，"你有什么资格不允许？我交朋友，还要你的批准吗？"

"你要！"他暴躁地喊着，"因为你是我的！"

"谁说我是你的？"

"我说！"

他们站在人行道上，彼此都激动了，彼此都恼怒了，他们两人的眼睛里都冒着火，两人都涨红了脸，两人都呼吸急促，像一对竖着毛备战的斗鸡，都冷冷地凝视着对方。然后，宛露把长发往脑后一甩，转身就往后走，一面说：

"你是个不可理喻的暴君！"

他一伸手抓住了她。

"不许走！"他喊。

"为什么不许走？"她也喊，"你不过是我的一个朋友，你已经想操纵我所有的生活！你以为你是什么？是我的主宰，我的上帝吗？我告诉你，我这一辈子悠游自在得像一片云，我是不受拘束的，我是自由自在的！我受不了你这种暴君似的统治！我告诉你，没有人能约束我，没有人能统治我，没有人能管教我，你懂吗？懂吗？懂吗？"

"你喊完了没有？"他阴沉沉地问，把她拖到路边的无人之处，因为已有路人在注意他们了。

"喊完了！"

"那么，听我一句话！"他定定地望着她，眼光里带着烧灼般的热力，"我并不是要统治你，也不是要约束你，更不是要主宰你，我只是……"他停住了。

"只是什么？"她迷茫地问。

"爱你！"他冲口而出。

她站着不动，眼睛里逐渐涌上了一层泪雾，然后，她轻轻地摇了摇头，什么话都不再说，就慢慢地向他靠近。他立即伸出手去，很快地揽住了她的腰，把面颊倚在她那飘拂着细发的鬓边，他低语：

"宛露，别责备我，世界上没有不自私的爱情。"

"我懂了。"她低低地说，"请你多给我一点时间……"

"干什么？"

"让我学习被爱，学习爱人，也学习长大。"

他的心中一阵酸楚，用手指轻抚她的头发，他温柔地、歉然地说：

"对不起，宛露，我不该给你这么多负担。"

"或者，"她幽幽然地说，"爱情本身，就是有负担的。"

他用欣赏而困惑的眼光看她。

"你已经长大了。"他说。

她微笑了一下，偎紧了他。

"我饿了，"她悄声说，"我们去什么地方吃晚饭？"

"去我家！"

她惊跳了一下，脸发白了，身子僵了。

"我不去。"她说，"我最怕见长辈。"

"你一定要去。"他说，"我妈今天亲自下厨，给你做了好多菜，她急于要见你。宛露，你迟早要见我妈的，对不对？我告诉你，我妈是世界上最慈祥、最独立、最有深度、最刻苦耐劳，也最了解我的一位好母亲，她并不可怕，何况，她已经张开双手，等着来欢迎你了。"

"哦！"宛露眨了眨眼睛，"听你这么说，我反而更害怕了。"

"为什么？"

"我还没见到你母亲，但是，我最起码了解了一件事，你很崇拜你母亲。有本妇女杂志上报道过，恋母狂的男人绝不能交，因为他会要求女朋友像他的母亲，所以啊——"她拉长了声音，"你是个危险分子！"

孟樵笑了。

"你的谬论还真不少！别发怪议论了，我家也快到了。你立刻可以看到我母亲，是不是一位最有涵养、最有深度，而且，是最聪明的女人！"

孟家坐落在一个巷子里，是最早期的那种四楼公寓，他们家在第一层，是孟太太多年辛苦分期付款买来的房子。还没进门，宛露已经听到一阵熟练而优美的钢琴声，流泻在空气里，敲碎了这寂静的夜。宛露的音乐修养不高，除了一些流行歌曲和艺术歌曲之外，她对音乐是很外行的，尤其是什么钢琴协奏曲、小夜曲、幻想曲之类，她从来就没有把作者和曲子弄清楚过，只直觉地觉得，那钢琴的声音非常非常好听。

孟樵取出钥匙，开了房门，扬着声音喊了一句：

"妈，我们来了！"

钢琴声戛然而止，立刻，宛露面前出现了一个女人。宛露几乎觉得眼睛亮了一下，因为，这女人雍容的气度、高贵的气质、文雅的面貌，都使她大出意料。真没料到孟樵的母亲是这么儒雅而温文的。穿着件蓝色的长袖旗袍，梳着发髻，薄施脂粉，她淡雅大方，而笑脸迎人。

"哦，这就是宛露了！"她微笑地说，眼光很快地对宛露从上到下看了一眼，"我每天听樵樵谈你，谈得都熟了。快进来吧，等你们吃饭，把菜都等凉了呢！"

"妈，我们走回来的，所以晚了。"孟樵说，推了推宛露。宛露被这一推，才恍悟自己连人都没叫，红了脸，她慌忙点了个头，喊了声：

"孟伯母！"

"宛露，"孟太太大方地叫，把她拉到沙发边来，"让我看看你，真长得不错呢，比我想象的还漂亮！"

"你也比我想象的漂亮！"宛露心中一宽，就口无遮拦了起来，她笑着，天真地说，"我本来不敢来的，孟樵说你很威严，我最怕见威严的人，可是，你并不威严，你很漂亮，像你这么漂亮的女人，我真不相信你能独身二十几年！要是我，寂寞会要我发疯的！"

孟太太怔了一下，脸上的笑容僵了一秒钟。

"宛露，你在当记者吗？"

"在编辑部，我采访的第一天，就把人给得罪了，只好去编辑部。"

"为什么把人得罪了？"

"因为我不会说假话！"她把牛仔外套脱了下来，里面是件紧身的 T 恤。孟太太一瞬也不瞬地望着她，完全没有忽略她那发育匀称的身材，和那充满青春气息的面庞，以及她那对过分灵活的大眼睛。

"我们吃饭吧！"孟太太说，往厨房走去。

宛露趴在孟樵手腕上，悄声问：

"我需不需要帮你妈妈摆碗筷？"

她问的声音并不低，孟太太回过头来，正一眼看到宛露在对孟樵吐舌头，而孟樵在对她做鬼脸，她那年轻的面颊此时几乎贴在孟樵的肩上。

"哦，你不用帮我忙，"她淡淡地说，"我猜，你在家里，也是不做家务的。"

"你说对了！"宛露坦白地说，"我妈宠我宠得无法无天，什么事都不让我做！有时我也帮她摆碗筷，但是，我总是砸碎盘子，我妈就不要我动手了。"

孟太太勉强地笑了一下。

"你倒是有福之人，将来不知道谁有造化能娶你，像你这么娇贵，一定样样事情都不需要自己动手！这世界就是这样的，有福气的人别人伺候她，没福气的人就要伺候别人！"

一时间，宛露的脑筋有些迷糊，对于孟太太这几句话，她实在有些抓不着重心，她不知道孟太太是在称赞她还是在讽刺她，也不知道自己是不是说错了话。正在困惑之中，孟樵却跳了起来，有些紧张而不安地说：

"妈，我来帮你忙！"

"千万不要！千万不要！"孟太太把儿子直推到客厅去，"男孩子下厨房是没出息的事，何况，你还有个娇滴滴的客人呢！"

孟樵尴尬地退了回来，对宛露很快地使了一个眼色。宛露不解地用牙齿咬着手指甲，错愕地看着孟樵。孟樵对她再努了努嘴，她终于意会过来了，站起身子，她跑进了厨房。

"伯母！我来帮你！"她笑着说。

孟太太静静地瞅着她，眼光是凌厉而深刻的。

"你能帮什么忙呢？"她问，声音仍然温温柔柔的。

宛露失措地摩挲着双手。

"我不知道。"她迎视着孟太太的目光，忽然觉得自己像个在老师面前等待考试的小学生，而那老师却是个十分厉害的角色，"你告诉我，我可以做什么，我就做什么。"她无力地说。

“你可以做什么吗？”孟太太微笑着，笑得却并不很友善，“你可以坐到外面餐桌上去，等我开饭给你吃。你是富贵命，而我是劳碌命！”

“伯母！”宛露的声音微微颤抖了，“你……你是什么意思？”

“怎么了？”孟太太的微笑更加深了，“你是客人呀！我怎能让客人动手呢！何况，烧锅煮饭这些事，我已经做惯了。你别待在这儿，当心油烟熏了你，你还是出去吧！你在家都是娇生惯养的，怎能在我们家受罪呢？”

宛露凝视着孟太太，半晌，她转过身子，走进客厅，抓起椅背上自己那件外套，她往大门外就直冲出去。孟樵跳了起来，一直追过去，大喊着：

“宛露！你干吗？”

宛露回过头来，她眼睛里饱含泪水。

“我一向是个不太懂事的女孩，也是个粗枝大叶的女孩！”她咬着牙说，“不过我还了解一件事，当你不受欢迎的时候，你还是早走为妙！”转过身子，她直冲出去了。

“宛露！宛露！宛露！”孟樵大叫着追出去。

“樵樵！”孟太太及时喊了一句，孟樵回过头来，一眼接触到母亲的脸，微蹙着眉头，一脸的焦灼、困惑、迷茫与被伤害的痛楚。她委屈地说：“樵樵，我做错了什么？我怎么得罪她了？我一心一意要讨她的好，她怎么能这样拂袖而去？”

孟樵站在那儿，面对着母亲的泪眼凝注，他完全呆住了。

7

从报社下班回来，已经是午夜了。

孟樵疲惫、倦怠、颓丧而愁苦地回到家里。一整天，他试着和宛露联系，但是，早上，宛露在上班，电话被杂志社回掉了。"段小姐正在忙，没时间听电话！"下午，杂志社说："段小姐去排字房了。"黄昏，他干脆闯到杂志社去接她，却发现她提前下班了。整晚，他在报社写稿，又抽不出时间来，但是，他仍然打了两个电话到她家里，接电话的却偏偏是那个与他有仇似的哥哥。"我妹妹吗？陪男朋友出去玩了！"

陪男朋友出去玩了？能有什么男朋友呢？当然是那个青梅竹马了。他懊丧地摔掉了电话。整晚地心神恍惚，这算什么呢？如果是他和她吵了架，她生气还有点道理，可是，他们之间并没有吵架，得罪了她的，只是自己的母亲！而母亲又做错了什么？母亲已经百般要讨好于她了，不是吗？既没对她板过脸，也没说一句重话，不许她下厨，总是疼她而不是轻视她呀！她就这样拂袖而去了，就这样任性地一走了之？她算是什么？母亲的话对了，她只是个被宠坏了的孩子。孩子！他耳边又浮起宛露低柔的声音：

"请给我一点时间，让我学习被爱，学习爱人，也学习长大！"

唉！宛露！他由心底深处叹息。宛露！如果我能少爱你一点就好了。

取出钥匙，他开了房门，蹑手蹑脚地往屋里走去，他不想吵醒熟睡的母亲。多年以来，母亲总是习惯性地要一早就爬起来帮他弄早餐，不论他吃与不吃。自从到报社工作之后，他的生活多少有些日夜颠倒，因为报社上班总在夜里，下班后，有时还要写特稿到黎明。他无法控制自己起床的时间，但是，母亲是不管的，她总是固执地为他做早餐，有时他一觉到中午，起床后，他会发现母亲仍然痴痴地坐在早餐桌旁等他，一桌子凉了的菜，一屋子枯寂的冷清和一个坚忍而慈爱的母亲。这样一位慈母，宛露怎么能在三言两语之间，就毫无礼貌地掉头而去？宛露，宛露，她是太娇了，太野了，太任性了，太傲慢了，也太没有尊卑长幼之序了。可是，当初她吸引他的，不也就是她这份半疯半狂半娇半野吗？而现在，她这些吸引他的优点，竟也会成为破坏他们关系的缺点吗？

走进客厅，他仍然被这种种问题困扰着，客厅里没有亮灯，他摸到壁上的开关，把灯打开，猛然间，他吃了一惊，他发现母亲还没有睡，正坐在黑暗的沙发里，蜷缩在那儿，她那瘦瘦弱弱的身子，似乎不胜寒苦。被灯光闪了眼睛，她扬了扬睫毛，怔怔地望着儿子，唇边浮起一个软弱而无力的微笑。

"妈！"他惊愕地喊，"你怎么不去房间睡觉？"

"我在等你。"孟太太说，坐正了身子，肩上披着的一件毛衣就滑落了下来，她把毛衣拉过来，盖在膝上，她的眼光宠爱地、怜惜地，而且是歉然地望着孟樵，"孟樵，你和宛露讲和了吗？"

孟樵在母亲对面坐了下来，不由自主地燃起一支烟，喷出一口烟雾，他默默地摇了摇头。

"我至今想不明白，"他闷闷地说，"她到底在生什么气？"

"樵樵，"孟太太深思地望着儿子，她的眼光很温柔，也很清亮，"我想了一整天，为什么宛露一见到我就生气了，我想，一定是我有什么地方不好，总之，樵樵，对这件事情，我很抱歉。"

"妈！"孟樵惊慌失措了，"你怎么这样说呢？你已经仁至义尽了，都是宛露不懂事！"

"不，也不能全怪宛露。"孟太太心平气和地说，"你想，她有她的家庭教育，她是在父母和哥哥的宠爱下长大的，从小，她一定是被当成个公主一般养大的。咱们家太穷了，樵樵，从你父亲过世，我只能尽全力撑持这个破家，现在你做事了，我们也可以逐渐好转了……"

"妈！"孟樵开始烦躁了起来，重重地喷出一口烟，他不由自主地代宛露辩护，"宛露绝不是嫌贫爱富的女孩子，她父亲也只是个大学教授，住的房子还是公家配给的。她一点金钱观念都没有，许多时候，她还是个小孩子。您别看她二十多了，但孩子气得厉害！她所有的毛病，只在于不够成熟！"

孟太太凝视着儿子，半晌，才小心翼翼地说：

"你是不是她唯一的男朋友？"

孟樵一怔，在母亲面前，他无法撒谎。他想起那个"青梅竹马"，也想起那可能隐在幕后的"媒妁之言"。

"不。妈，我想不止我一个！"

"你瞧！问题的症结就在这里，"孟太太沉重地说，"你在认真，她在儿戏！"

"妈！"孟樵触电般震动了一下，"你不懂，不可能是这样，宛露她……她……"他用手抱住头，说不下去了。在这一刹那间，他觉得母亲的分析可能有道理。

"我并不是说宛露的坏话，"孟太太沉着而恳切地望着儿子，"我只是要提醒你一件事，现在的女孩子都不简单，我在女中教了二十年音乐，看女孩子看得太多了。十六七岁的女孩，已经懂得如何去同时操纵好几个男朋友。这些年来，电视和电影教坏了女孩子。"她顿了顿，又继续说，"宛露这孩子，我第一眼看到她，就觉得她不像外表表现得那么简单。你说她出身于书香门第，也算是大家闺秀，可是，你觉不觉得，她的举止动作、服装态度，以至于她的谈吐，都太轻浮了？"

"妈！"孟樵一惊，头就从手心里抬了出来，"她不是轻浮，她只是孩子气！她坦白天真，心无城府，想到什么就说什么，不管得体不得体，她就是这样子的！"

　　"这只是看你从哪一个角度去看，是不是？"孟太太深深地望着儿子，"你说她是轻浮也可以，你说她是孩子气也可以。不过，樵樵，你是真的在认真吗？"

　　"妈！"孟樵苦恼地喊了一声，不自觉地再燃上了一支烟，这份锥心的痛楚泄露了内心一切的言语，孟太太深深地叹息了一声。

　　"樵樵，她是个游戏人生的女孩子啊！她不可能对你专情，也不可能安定，更不可能做个贤妻良母！她生来就是那种满不在乎的个性，你怎能认真呢？你会为这份感情，付出太大的代价！"

　　是的，孟樵一个劲儿地吞云吐雾，心里却在朦胧地想着，是的，她不可能安定，不可能做个贤妻良母，她是一片云，她从一开始就说过：她是一片无拘无束的云！母亲毕竟是母亲，积累了多年看人的经验，她对宛露的评价并无大错！可是……可是……他忽然惊悸地抬起眼睛来，苦恼地、祈求地看着母亲：

　　"妈，别因为她这次的表现不好，就对她生出了反感！妈，你再给她机会，让她重新开始。你会发现，她也有许多优点、许多可爱的地方！你会喜欢她的，妈，你一定会喜欢她的！"

　　"问题不是我喜不喜欢她，是不是？"孟太太悲哀地说，"问题是她喜不喜欢我！这是什么时代了？难道婆婆还有权利选儿媳妇吗？只有儿媳妇有权利选婆婆！你不必费力说服我，樵樵！"她的眼神更悲哀了，带着份凄苦的、忧伤的、委曲求全的神情，她低低地说，"只要你高兴，只要你活得快乐，假若你非她不可，那么，再带她来，让我向她道歉吧！虽然我不知道我什么地方得罪了她！好吗？"她盯着儿子，"我跟她道歉，行吗？"

"噢，妈！"孟樵大叫了一声，冷汗从背脊上冒了出来，他注视着母亲，那辛劳了一辈子的母亲，"妈，请别这样说，千万别这样说！我会把她带来，我会让她向你道歉……"

"你做不到的，樵樵，她骄傲而高贵，"孟太太呻吟似的说，"她根本看不起我！"

"如果我做不到！"孟樵被激怒了，"我和她之间也就完了！"

于是，这天早晨，孟樵从黎明起，就死守在宛露的巷子口。七点多钟，宛露出来了，穿着件米色的套头毛衣，咖啡色的长裤，垂着一肩长发，背着一个牛仔布的手袋，她的样子仍然是潇潇洒洒的。她没有烦恼吗？她竟然不烦恼吗？在她那无拘无束的心怀里，他到底能占多大的分量？他一下子拦在她的面前。

"宛露！"他叫。

她站住了，抬眼看他。她的脸色有些憔悴，她的眼睛里闪着一抹倔强。

"你要干什么？"她问。

"和你谈一谈。"

"我现在要去上班，没时间跟你谈！"她冷冰冰地。

他抓住了她的手腕。

“你打电话去请一天假！”

“请假？”她睁大了眼睛，“你要敲掉我的饭碗吗？我为什么要请假？”

“因为我要和你谈话！”他固执地说。一夜无眠，使他的眼睛里布满了红丝，他的面容苍白而苦恼，“你去请假！宛露！”他死盯住她，低低地再加了两个字，“求你！”

她在他那强烈的、痛楚的热情下迷乱了。一句话也不再多说，她跟着他走向了电话亭，拨了杂志社的号码。

请好了假，她站在街边。

“我们去哪儿？”她问。

他想了想，伸手叫了一辆计程车。

“我们去阳明山森林公园。”

“这时候吗？”她问，“山上会冷死。”

“我不会让你冷死！”他简单地说，“只有这种地方，我们可以好好谈话而不受干扰。”

她不说话。坐进了计程车，她只是闷闷地用牙齿咬手指甲，她的手指甲早被啃得光秃秃的了。他偷眼看她，她的面色白皙，她的睫毛半扬着，她的眼光迷迷蒙蒙的，整个脸庞上，都有种困扰的、苦恼的、若有所思而无助的神情。这神情，和她往日的活泼愉快、飞扬跋扈，形成了一种鲜明的对比。那么，她也在烦恼了？那么，她也在痛苦了？那么，她心里不见得没有他了？他想着，不自禁地轻叹了一声，就伸手过去，紧握住她的手。

她微微震动了一下，目光仍然望着窗外，却并不抽回自己的手。

车子到了森林公园，他们下了车。这是早上，山上真的很冷，何况已经是秋天了。风吹在身上，带着砭骨的凉意，那些高大的松树，直入云中，四周冷清清的，连一个人影都没有。天空是阴沉沉的，厚而密的云层，堆积在松树的顶端，连天空的颜色都被遮住了。

孟樵脱下了自己的外套，披在宛露的肩上，宛露瑟缩地把衣服拉紧了一下，望了望他。

"你不冷吗？"她问。

"你在乎我冷不冷吗？"他反问。

宛露凝视着他，长长的睫毛在微微地颤动，只一会儿，那大大的眼睛里，就逐渐被泪水充满了。孟樵一惊，顿时把她拉进了怀里。

"不许哭！"他哑声说，"我受不了你哭！"他在她身边低语，"我们怎么了，宛露？我爱你爱得发疯，在这样的爱情底下，难道还会有阴影吗？我们怎么了？宛露，是什么事不对劲了？"

"你母亲！"她坦率地说。

他推开了她的身子，正视着她的眼睛。

"我母亲是个严母，也是个慈母，"他一字一字地说，"她绝对无意伤害你，如果她伤害了，也是无心的，你要懂事，你要长大，宛露。你看在我的份上，看在我们的爱情上，你别再闹别扭了。好不好，宛露？我母亲从不是个挑剔的女人，她心地善良而热心，只要你不乱发脾气，她会爱你的，宛露。"

宛露紧紧地望着他，仔细地听着他，她眼底有一抹倔强的固执。

"你听我说，"她的语气出奇冷静，"我确实比较幼稚，也确实不太成熟，但是，我对于自己是不是被爱是很敏感的。举例说，那位莫名其妙的许伯母，不管她的动机是什么，我知道她由衷地喜爱我。顾伯母，也就是顾友岚的母亲，她也喜欢我。我自己的妈，那不用说，她当然喜欢我。可是，孟樵，你的母亲，她一点也不喜欢我，非但不喜欢，甚至恨我。"

"胡扯！"孟樵烦躁地摇头，"你是被宠坏了。你遇到的什么许伯母、顾伯母，都是那种在感情上很夸张的人，我妈比较深沉，比较含蓄，你就误解她了。何况，不是我说你，到底我妈做错了什么，你居然会拂袖而去？"

宛露睁大了眼睛，她说不出孟太太到底做错了什么，说不出她当时那种被欺侮、被奚落、被冷淡的感觉。她无法向孟樵解释，完全无法解释。于是，她只是睁大了眼睛，怔怔地望着孟樵。

"你看！"孟樵胜利地说，"你也说不出来，是不是？你只是一时发了孩子脾气，对不对？我妈并没有对不起你的地方，对不对？"

宛露颓然地垂下了眼睑，从地上拾起了一把松针，她无意识地玩弄着那把松针，轻声地说：

"以前，我家养了一只母猫，它生了一窝小猫，那些小猫好可爱好可爱，有天，我想去抚摸那些小猫，你知道，"她抬眼看看他，"我并没有恶意，我只是爱那些小猫。可是，我的手刚碰到那小猫身上，那只母猫就对我竖起毛来，伸出爪子，狠狠地在我手背上抓了一把，我手上的血痕，治了一个月才好。"

孟樵凝视着她。

"你告诉我这个故事，是什么意思？"他问。

"你的母亲，"她低声说，"就使我想起那只母猫。她或许对我并没有恶意，但是，有一天，我很可能会被她抓伤。"

"咳！"他又好气又好笑，"你的想象力未免太丰富了。我告诉你，宛露！"他抓住她的手臂，望进她眼睛深处去，"你误会了我母亲！对于你的拂袖而去，我妈很伤心，她根本想不透怎么得罪了你。"

宛露的眼睛又睁大了。

"她知道的，孟樵，她完全知道的！"

"她不知道！"孟樵大声地、坚定地说，"可是，她是宽大而善良的，她会原谅你！"

"她会原谅我？"宛露的眉毛挑得好高好高，声音不由自主就尖锐了起来，"算了吧！我并不稀罕她原谅不原谅！受伤害的不是她，而是我，你懂吗？孟樵！你少糊涂！我不用她原谅，也不要她原谅，她没什么了不起……"

果然，她的反应完全在母亲预料之中！孟樵不能不佩服母亲的判断力，也由于这份佩服，他对宛露生出一份强烈的反感。

"宛露！"他恼怒地大叫。

宛露愕然地住了口。

"不许侮辱我母亲，你听到了吗？"他铁青着脸说，"她守寡二十几年，含辛茹苦地把我养大，在今天这个时代里，这种母亲几乎是找不到的，你懂吗？她辛苦了这大半辈子，并不是等我的女朋友来给她气受的，你懂吗？而且，无论如何，我们是晚辈，对父母该有起码的尊敬，你懂吗……"

宛露张大了嘴，眼珠滚圆滚圆地瞪着。

"我懂了。"她喃喃地说，转身向森林外面走去，"你需要娶一个木偶做太太，木偶的头上脚上手上全有绳子，绳子操纵在你母亲手里，拉一拉，动一动，准会皆大欢喜。你去找那个木偶吧！"

他伸手一把抓住了她。

"宛露！"他喊，声音里已充满了焦灼和绝望，"你帮个忙吧！"

她不由自主地站住了。

"你要我怎么帮忙？"她问。

"去我家，"他低语，"去向我妈道个歉。"

她僵在那儿了，嘴唇上失去了血色，面颊也变得惨白，只有那对乌黑乌黑的眸子，依然闪闪发光。

"去你家，去向你妈道歉？"她不信任似的问。

"是的，"他痛楚而渴切地说，"如果你爱我！"

她深深地望着他。

"爱情需要付出这么大的代价吗？包括牺牲我的自尊和骄傲？"

"有时是的，"他沉闷地说，"我现在也在牺牲我的自尊与骄傲，我在求你。"

她愣了几秒钟。

"我不去！"她简单地说。

"你一定要去！"他命令地。

"我绝不去！"

"你肯定了吗？"他闷声问。

"是的！"

"怎么也不去吗？"

"是的！我想不出我有道歉的理由！"

"仅仅为了我！"

"不行！"

他不再说话，放开了她，他退向一边，仰靠在一棵松树上面，他的眼光定定地、死死地、紧紧地望着她。有两小簇阴郁的火焰，在他的瞳仁里跳动。

"你知道，你这样做等于是一个宣判！"他说。

"什么宣判？"

"这就表示，我们之间就完了！"他低声说，声音里带着微微的颤抖。

她呆站着，看了他几秒钟，然后，她一甩头，那长发抛向脑后，她掉转身子，往松林外面跑去。他没有移动，只是痴痴地、傻傻地望着她的背影。在他心灵的深处，像是有一把刀，正深深地、深深地从他心脏上划过去。她跑了几步，忽然发现自己身上还披着他的外套，她站住了，不肯回头，她闷声地说：

"你过来！"

"干什么？"

"把你的外套拿走！"

他机械化地往她面前走了两步，忽然间，她回过头来了，她满脸都是泪水，满眼眶都是泪水，她的面颊涨红了，狠狠地跺了一下脚，她大叫着说：

"我倒了十八辈子霉才会碰到你！我为什么要碰到你？我本来生活得快快乐乐，无忧无虑，我有人爱有人疼，我为什么如此倒霉，要遇见你！"眼泪疯狂地滑下了她的面颊，她哽塞地扑进了他的怀里，"我输了！"她呜咽着说，"我跟你去向你母亲道歉！不是因为我错了，而是因为——"她挣扎地、昏乱地、卑屈地说，"我爱你！"

他闭上眼睛，觉得脑子里掠过一阵疯狂的喜悦的晕眩，然后，看到她那泪痕狼藉的脸，那怜惜的、歉疚的、痛楚的情绪就又一下子捉住了他。他俯下了头，心痛地、感激地把嘴唇紧压在她那苍白的唇上。

8

宛露再到孟家去，是三天后的一个晚上。

这天是孟樵休假的日子，他不需要去上班。事先，他和宛露已经研究了又研究，生怕这次见面再给彼此坏印象，宛露是有生以来第一次，这样刻意地装扮了自己。

晚饭后，宛露就取出了自己最正式也最文雅的一身服装，是母亲为庆祝她毕业做的，但她从未穿过。上身，是件嫩黄色软绸衬衫，下面系了一条同质料的长裙，只在腰上，绑了一个咖啡色的小蝴蝶结。长发仍然披垂，她却用腰间同样的丝带，把那不太听话的头发也微微地一束。揽镜自照，她几乎有些认不出自己，站在她身后，一直帮她系腰带、梳头发的母亲，似乎也同样紧张。

"宛露，那个孟樵，就值得你这样重视吗？"段太太有些担心地问，"如果他有个很挑剔的母亲，你将来的日子，是怎么也不会好过的。"

　　"他母亲并不挑剔，"她望着镜中的自己，不知道为什么，竟虚弱地代孟太太辩护着，"她是个很可怜的女人。妈，她不像你，你有爸爸疼着，有我和哥哥爱着，你一生几乎没有欠缺。该有的幸福，你全有了。可是，孟伯母，她二十五岁就守了寡，她一无所有，只有一个孟樵！"

　　段太太把宛露的身子转过来，仔细地审视着她的脸庞，和她那对黑蒙蒙的、深思的、略带忧愁的眸子。

　　"宛露，"她喃喃地说，"我不知道这对你是好还是不好，你长大了。"

　　"妈，人总是要长大的，有什么不好呢？"

　　"对很多人而言，成长是一件好事，可是，对你，"段太太怜惜地抚摸女儿的长发，"不见得。因为，你不像以前那样快乐了，这些日子以来，我眼看着你不能吃，不能睡，眼看着你消瘦下去。"

　　"妈，不会有那么严重。"宛露勉强地笑着，用充满了感情的眼光，注视着段太太，"妈妈，让我告诉你，"她低声地、清晰地、温柔如梦地说，"我虽然不能吃，不能睡，我虽然瘦了，可是，我并没有不快乐。我心里拥塞了太多东西，它们把我填得满满的，我很难解释，总之，妈妈，我不再狂言，说我不会恋爱了。"

　　段太太仔细地看着宛露。

　　"宛露，你不觉得你爱得太疯了吗？"

　　"妈，爱情本身不是就很疯的吗？"

　　"不一定。"段太太沉思地，"像我和你爸爸，我们从没有疯狂过，却像涓涓溪流，源远流长，永远不断。宛露，我希望你能像我，我希望你的感情是一条小河，潺湲而有诗意。不希望你的感情像一场大火，燃烧得天地变色。你和孟樵这段感情，不知怎的，总使我心惊肉跳。说真的，宛露，我真希望你选择的是友岚。”

宛露注视了母亲好一会儿。

“妈，你知道你的问题在哪儿吗？”

“我的问题？”段太太愣了一下。

“妈，你太爱我了。”宛露说，亲昵地用手揽住母亲的脖子，她的眼光温柔而解事，“你不知道该把我怎么办好，你也像我们家以前养的那只母猫。”

“怎么？”

“衔着小猫，到处去找安全的地方，好把小猫安顿下来。可是，跑来跑去，却找不到任何一个地方觉得是安全可靠的。”

段太太微笑了。

“可能，世界上每个母亲，都是很傻气的。”她说。

“妈，你不要傻气，”她吻了吻段太太的面颊，“听我说，妈。”她低语，“我爱孟樵，好爱好爱他。连我自己都不知道，为什么会这样。他不像友岚，友岚沉着细致，对了，就像你说的，像条小河。孟樵却狂热固执，像场大火。呵，妈妈，我不能符合你的要求，小河无法满足我满心的热情，我想，我需要燃烧。”

楼下有门铃响，段太太听了一下。

“是孟樵来接你了，下去吧。”

“不，等一下。”宛露说，“让他和爸爸谈一谈。既然我必须去通过他母亲那一关，他当然也应该通过我父亲这一关。”她微笑了一下，唇边又浮起了她一贯的调皮，“我希望爸爸好好地考他一考。”

“万一他考不及格呢？”段太太笑着问。

“哦，妈妈！”宛露目光如梦，“那你就太低估我的眼力了。他会及格的！”

段太太轻叹了一声。

“你对他那么有信心吗？”她凝视宛露，“我真不知道你的未来会怎么样。”

“你是天下最操心的妈妈！”

“比孟樵的妈妈还操心吗？”

笑容从宛露唇边消失，她重新站在镜子前面，呆呆地打量着自己。她一生似乎都没有像这个晚上这样，照这么多次的镜子。段太太愣愣地看着她，心里的隐忧在不断地扩大。半晌，她忍不住说：

“宛露，你为什么这样苍白？”

“我苍白吗？”她迷蒙地问。

“或者，你该搽一点胭脂。”

“哦，不。”她心慌意乱地说，“孟伯母是很守旧的人，她并不喜欢女孩子打扮得花枝招展！”

“也不喜欢女孩子活跃好动？”

“是的。孟樵说，她喜欢女孩子庄重文雅。”

段太太默然片刻。

"宛露，"她担心地摇摇头，"你会生活在两代的夹缝里。你从不是个庄重文雅的类型，你的优点就是洒脱不羁，你怎可能摆脱你原有的个性，去做另一个人？宛露，如果你是如此认真了，如此一往情深了，我觉得，我需要去找你那位孟伯母谈谈。"

"妈！"宛露惊悸地，"别太操之过急，好吗？"她再整理了一下衣服，披上一件金线与黑纱织成的披肩，这披肩是顾伯母送的。开始往门外走。"妈，我看起来端庄文雅吗？"

"你看来娇小怯弱。"段太太坦白地说，"你像只受惊的小鸟，我从没看过你这副样子。"

"哦。"她虚弱地笑笑，"你是天下最会宠人的母亲，你爱女心切，一天到晚就怕我会受委屈。"她回过身来，紧拥了母亲一下，"妈妈，"她低语，"祝福我吧！我觉得，今晚我很需要一些祝福！"

她翻转身子，翩翩然地飘下楼去了。段太太目送她的背影消失，忽然觉得双腿发软，她不由自主地在床沿上坐了下来，感到整个人都虚飘无力。她不知道坐了多久，模模糊糊地，听到大门开阖的声音，听到孟樵在和段立森道别的声音。然后，有人走上楼梯，她回过头去，段立森正拾级而上，看到了她，段立森走了进来。

"怎样？"她微蹙着眉毛问，"这孩子行吗？"

"孟樵吗？"段立森诚挚地说，"他是个非常优秀、非常杰出的孩子。"

段太太松了口气。

"比友岚呢？"她仍然问了一句。

"那是完全不同的两种类型，友岚比孟樵稳重，而孟樵却比友岚豪放。至于深度和才气的问题，没有长时间的接触，是很难下定论的。"他把手压在段太太肩上，"慧中，你少为这孩子操点心吧！"

"我能吗？"段太太望着丈夫，"她是我的女儿，不是吗？"

段立森凝视着太太，段太太眼中那份凄苦、担忧与心痛，使他完全呆住了。

室外，天气是凉意深深的。

宛露终于跟着孟樵，再度来到了孟家。

站在那大门口，宛露已不胜瑟缩，屋里，钢琴的声音仍然叮叮咚咚地流泻着，宛露听着那琴声，忽然不自禁地打了个寒战，就下意识地把披肩拉紧了一些。孟樵没有忽略她的震颤，他一面开门，一面问：

"你怎么了？冷吗？"

"不。"她低语，"你妈弹的琴。"

"她弹的琴怎么了？"

"她在弹徐志摩的那支《偶然》！"

"怎么了？"他不解地。

"我是天空里的一片云，"她轻声地念着，"偶尔投影在你的波心，你不必讶异，更无须欢喜，在转瞬间消灭了踪影！"

他停止了开门，紧盯着她。

"你也迷信吗？"他问。

"不是！"她抬头看了看天空，这是秋天的夜，天气很好，几点寒星，在遥远的天边，疏疏落落地散布着，"我在想，"她喃喃地说，"我常自比为一片云，希望不要是一片乌云才好！"

他揽住了她的肩，在她肩上紧握了一下。

"别这样泄气，成不成？"他深深地凝视她的眼睛，声音压低了，"我知道，我在勉强你做一件你非常不情愿的事情，我很抱歉，宛露。"

"只要你知道，我为什么会做就好了。"她闷声说。

"我知道，"他紧握着她的手，"我完全知道。"

门开了，他们走了进去。这种四楼公寓，楼下都有个附属的院子，他们穿过院子，往客厅走，孟太太显然听到了他们进门的声音，但并没有停止弹琴。走进了客厅，宛露拘束地、紧张地、被动地站在屋子中间，呆望着孟太太的背影，孟太太似乎正全神贯注在她的钢琴上，她的手指熟练地滑过了琴键，带出了一连串柔美的音符。一直等到一曲既终，弹完了最后一个音阶，她停止了，慢慢地阖上了琴盖，慢慢地回转身子，慢慢地抬起头来。

"哦，宛露，"她似笑非笑地望着她，"我以为，你不会再来我家了。"她的目光，很快地在她周身逡巡。

"伯母，"宛露低哼着，不自禁地低垂了睫毛，她的声音卑屈而低微，"我特地来向您道歉。"

"道歉？"孟太太微笑着，不解似的说，"有什么事需要道歉呢？"

"因为我上次很没风度，"宛露竭力想维持自己声音的平静，但是却已不自觉地带着震颤和泪音，"我不告而别了，我惹您生了气！"

"哦！宛露！"孟太太平静地喊了一声，那么平静，平静得像是什么事都没发生过。她走了过来，亲热地拉住宛露的手，把她牵到沙发上来，按住她，让她坐进沙发里，她一瞬也不瞬地盯着她。"你说什么话？我怎么会生你的气呢？只要你不生我的气就好了。"她抬头看了孟樵一眼，"樵樵，你发什么呆？宛露来我们家总是客，你连一杯茶都不倒吗？恐怕壶里没开水了，你烧点开水吧！"

"哦！我马上去烧！"孟樵立即应了一声，看到母亲对宛露的那份亲热劲儿，他已喜悦得不知所措了。没耽误一秒钟，他立即冲进厨房，嘴里不自觉地哼着歌儿。

"宛露，"孟太太由上到下地看着她，"今天怎么穿得这么正式？倒像是去夜总会似的。你这样艳光照人，真使我觉得家里太寒酸了。"

"伯母！"宛露喊了一声，双手拘束地放在裙褶里，她实在不知道该说些什么，只是下意识地挺直了背脊，提醒自己要"端庄文雅"。她肩上的披肩，就轻轻地滑到沙发上去了。

"好漂亮的披肩！"孟太太拾了起来，"手工钩的呢！你也会编织吗？"

"不，是一位伯母送的。"

"哦。"孟太太凝视她，"你父亲是×大的教授吗？"

"是的。"

"书香门第的孩子，"孟太太点着头，"一定有很好的家教了！你知道，宛露，樵樵是自幼没爹的孩子，他又实心眼儿，说穿了，是个又穷又傲的傻小子！你这么漂亮，这么会打扮，又这么被父母、伯母什么的宠大，我真怕咱们的樵樵配不上你呢！而且，听说，追求你的人有一大堆呢，是吗？"

"伯母！"宛露再喊了一声，无助地看着孟太太。于是，她立即在孟太太那带着笑意的眼光里，看出了第一次就曾伤害了她的那层敌意与奚落。一种自卫的本能，使她不自禁地挺起了背脊。"并没有一大堆人追我，只有一两个而已。我父母虽然宠我，家教还是很严的。"

"是吗？"孟太太笑得含蓄，"你知道，樵樵是我的独子，我爱之深，难免期之切。他一直严严谨谨，不大懂得交女朋友，第一个就碰到你，也算是他的运气！可是，他是个老实孩子，既不会用心机，也不会用手腕，他可不同于你那些脂粉堆中打滚打惯了的男朋友……"

"伯母！"宛露又开始不能平静了，她打断了孟太太，"您怎么知道我有什么脂粉堆中打滚的男朋友呢？"

"难道你没有吗？"孟太太又笑了，"我绝不相信樵樵是你唯一的男朋友！你们这一代的女孩子呵！"她叹口气，"我还不了解吗？男朋友少了，等于没面子！这也不能怪你，是不是？像你长得这么漂亮，又是很新潮的，很现代的，很洒脱的，天不怕地不怕的，你这种女孩子我见多了。说真的，宛露，我只怕樵樵没有那么大的力量，能够让你安分下来！"

"伯母！"她惊喊，眉头紧紧地蹙了起来。在内心深处，那种被欺侮的感觉，就像潮水般泛滥开了。她竭力想压抑自己，这是孟樵的母亲，可能将来要成为她的婆婆，她不能任性，她不能生气，她不能鲁莽……否则，一切希望又要破灭。她似乎又回到了那寒风瑟瑟的森林公园里，面临"孟樵"与"道歉"的选择。她喘了口气，脸色一阵青一阵白，声音里带着委曲求全的哀切。"请你不要误会我，伯母，我从没有不安分过。"

"你有一对不安分的眼睛，你知道吗?"

"我——"她深抽了一口气，面对着孟太太那充满挑战与批判的眼光，听着她那似讥嘲又似讽刺的语气，她那倔强与骄傲的本能再也无法被压制，她冲口而出地说，"我还有一个不安分的鼻子，还有一张不安分的嘴巴！还有浑身十万八千个不安分的细胞，和数不清的不安分的头发！"

"咳!"孟太太冷笑了，"好一张利牙利嘴！我见你第一面就知道你不是个简单的女孩子！果然被我料到了！我的儿子健全优秀，我不会允许他走入歧途！你呢? 你是个十足的小太妹！你实在不像个大学教授的女儿，你根本缺乏教养，从头到脚，都是轻浮与妖冶！"

"你——"宛露气急地站起身来，整个面孔都像雪一样白了。她正要说话，孟樵从厨房里笑嘻嘻地跑出来了，手里捧着一杯滚烫的热茶，嘴里稀里呼噜的，不住把那茶杯从左手换到右手，又从右手换到左手，他嚷着说:

"茶来了，茶来了！宛露，你的面子好大，妈从来不让我下厨房，为了你这大小姐要喝热茶啊，只好到厨房去烧水，谁知道啊，那水左也不滚，右也不滚，急死我了……"他把茶放在桌子上，一抬眼，他怔住了。宛露的脸色惨白，嘴唇毫无血色，她那美丽而乌黑的眸子，像只受伤的小豹般闪着阴郁的光焰，定定地望着母亲。他愕然地喊：

"宛露，你又怎么了？"

掉转头来，他困惑地去看母亲。孟太太一接触到儿子的眼光，脸色就不由自主地缓和了下来，对孟樵摇摇头，勉强地笑了笑。

"樵樵！"她安静地说，"我想，你在枉费工夫！"

"怎么？妈？你们又怎么了？"孟樵焦灼地问。

"樵樵！"孟太太的声音悲哀而疲倦，"你一直是个好儿子，你孝顺，也懂事，你就饶了我吧！你妈我老了，我实在没有能力去讨你女朋友的欢心！"

孟樵烦躁而懊恼地转向了宛露，急促地、责备地说：

"宛露！你到底是怎么了？你难道忘记了来的目的吗？你是来道歉的，不是吗？怎么又犯了老毛病……"

宛露一瞬也不瞬地看着孟樵，只觉得胸口堵塞，而浑身冰冷，她的手下意识地握紧了拳，握得指甲都陷进了肌肉里。她想说话，喉咙里却只是干噎着，一个字也吐不出来。而孟太太已靠进了沙发里，蜷缩着身子，不胜怯弱，也不胜凄凉地说：

"樵樵，你送宛露回家吧！我很抱歉，我想我和宛露之间，没有缘分！"

"宛露！"孟樵大急，他走过去，用力地抓住宛露，给了她一阵乱摇，"你说话呀！宛露！你为什么一而再，再而三地和妈作对！你为什么？为什么？为什么……"

宛露注视着孟樵，终于憋出一句话来：

"孟樵！现在不是你来对我说，我们之间完了，是我来对你说，我们之间完了。"

她握住了自己的披肩，慢吞吞地转身离去。孟樵死命地拉住了她，苍白着脸说：

"你把话说清楚了再走！你是什么意思？"

她站住了。

"你一生只能有一个女人，孟樵，"她幽幽然地说，"那就是你的母亲！你只有资格做孝子，没有资格交女朋友！别再抓住我，放我走！再不然，我会说出很难听的话来……"

"樵樵！"孟太太说，"如果你舍不得她，你就跟她一起走吧！反正你妈一生是孤独命，你的幸福比我的幸福更重要，你走吧！我还可以熬过去，我还能养活我自己……"

"妈！"孟樵大叫，放开了宛露，他扑向他的母亲，"你怎么能说这种话？你以为我是怎样的人？你以为我有了女朋友就不要母亲了吗？你……"

宛露看了他们母子一眼，一语不发地，转身就冲出那间屋子。到了街上，寒风扑面而来，她才发现自己满脸都是泪水。招手叫了一辆计程车，她直驰回家，心里只有一个疯狂的呼唤之声：妈妈！妈妈！从没有一个时刻，她像现在这样强烈地需要母亲！她要扑倒在母亲怀里，她要向母亲诉说，她要讲尽自己所受的侮辱与委屈，她要问母亲一句：在这世界上，什么是亲情？什么是爱情？什么是真理？什么是

"是"？什么是 "非"？什么是母爱？什么是孝顺……

车子到了巷子口，她付了钱，跳下车子，直奔向家门。才到门口，她还来不及按门铃，就听到门内有一阵说话的声音，是母亲！本能地，她住了手，母亲的声音里有焦灼，有祈求，她显然是送客送到门口。为什么母亲的声音如此凄苦而无奈？她并不想偷听，但是，那声音却毫无保留地钻进了她的耳鼓：

"许太太！求求你别这么做！宛露生活得又幸福又快乐，你何忍破坏她整个世界？她无法接受这件事情的，她是我的女儿，我了解她……"

"段太太！"是那个许伯母，那个神经兮兮的许伯母！她在嘶声地叫唤着，"你别糊涂掉，她是我的女儿呀！我亲生的女儿呀！"

"可是，我已经养育了她二十多年！早知你今天要收回，你当初为什么要遗弃她？"

"我有什么办法？那时候我只是个小舞女，我养活不了她呀！她那没良心的爸爸又一走了之，我没办法呀！可是，我现在有钱了，嫁了个阔老公，我可以给她很舒服的生活，给她房子，给她珠宝……"

宛露的脑子里一阵轰然乱响，身子不知不觉地倒在那门铃上，门铃急促地响了起来，门开了。门里，是满面惊恐的段太太和段立森，另外，还有那个泪眼婆娑的 "许伯母"，门外，却是面如白纸、身子摇摇欲坠的宛露。

9

时间不知道到底过去了多久，自从在大门口看到了那个"许伯母"，听到了母亲和她那段对白以后，她就觉得自己成了一个无主的游魂，一片飘荡无依的云，她无法集中自己的意识与思想，也无法分析自己的感情和心理，她昏乱了，也麻木了，无法动，也无法说话。

依稀仿佛，她听到是兆培把那位"许伯母"赶走了；依稀仿佛，是父亲和母亲把她搀进了卧室；依稀仿佛，父亲在试着对她解释什么；依稀仿佛，母亲握着她的手在流泪……但是，这些距离她都很遥远很遥远，她只是痴痴呆呆地坐在床沿上，痴痴呆呆地瞪视着书桌上的一盏小灯，痴痴呆呆地一任那思绪在漫无边际的天空飘荡与游移。

"宛露！宛露！"母亲摇动着她，不住口地呼唤着，"你说句话吧！随便说什么都好，你说出来吧！你心里怎么想，就说出来吧！"

　　她说不出来，因为，她甚至不知道自己心里怎么想。只有个朦胧的感觉，自己的世界已在今天这一个晚上之间，碎成了几千几万片。这种感觉，似乎并不仅仅包括自己的身世之谜，还包括了一些其他的东西，其他的痛楚，其他的伤害，其他的绝望……这所有的一切事情，怎会聚集在一个晚上发生？不，不，事实上，这一切一直都在酝酿，一直都在演变，只是，自己像个被蒙着眼睛的瞎子，什么都看不出来而已！

　　"宛露，"段立森背负着手，焦灼地在室内踱着步子，他是教书教惯了的人，说话总像在演讲，"我知道这件事对你而言，像一个晴天霹雳。但是，人生有很多事，都是你预料不到的，假如你不对这世界太苛求，你想想看，你并没有损失什么。爸爸妈妈以前爱你，现在还是爱你，以后一样爱你，你的出身没有关系，你永远是我们的女儿！你永远是我段立森的女儿……"

　　像闪电一般，宛露脑子里忽然闪过一句话，一句阴恻恻的、不怀好意的话：

　　"……你实在不像个大学教授的女儿！你根本缺乏教养，从头到脚，都是轻浮与妖冶！"

　　这句话一闪过去，她就不由自主地打了个冷战，同时，脑子里像有把钥匙，打开了那扇紧封着的门。她忽然能够思想了，能够感觉了，有了意识，也有了痛楚。她张开嘴来，终于喃喃地吐出一句话来：

　　"妈，我好冷。"

　　段太太立刻站起身子，取了一条毛毯，把她紧紧地裹住，可是，她开始发起抖来，她觉得有股冰冷的浪潮，正在她骨髓里和每个毛孔中奔窜。她努力想遏止这份颤抖，却完全无效。一直站在一边，皱着浓眉，凝视着她的兆培，很快地说了句：

"我去给她灌个热水袋来！"

她下意识地望了兆培一眼。哦，兆培，她心里朦胧地想着，他并不是她的哥哥！他才是段立森夫妇的儿子！她模糊地想起，自己第一次撞见那位"许伯母"的时候，兆培曾拦在门口，尴尬地想阻止自己进门，那么，兆培也早就知道了，她只是个被人遗弃的私生女！

"宛露！"段太太坐在她身边，把毛毯尽量地拉严密，一面用手环抱着她，徒劳地想弄热她那双冰冷的手，"宛露！"她的声音里含着泪，"这并不是世界末日，是不是？"她抚弄她的头发，触摸她的面颊，"哦，宛露，我不会放你走，我会更疼你，更爱你，我保证！宛露，你不要这样难过吧！你把我的五脏六腑都弄碎了。"

她想扑进母亲怀里，她想放声一哭。可是，不知道有什么东西阻止了她。她望着段太太，在几小时前，她还想滚进这女人的怀里，述说自己的委屈。而现在，她为什么变得遥远了？变得陌生了？她的母亲！这是她的母亲吗？不，那个神经兮兮的许伯母才是她的母亲！她抽了一口气，心神又恍惚了起来。

兆培跑回来了，他不只给她拿来了一个热水袋，还为她捧来一杯热腾腾的咖啡！从不知道鲁莽的兆培，也会如此细心与体贴！兆培把热水袋放到她怀里，又把咖啡杯凑到她嘴边，他对她挑挑眉毛，勉强地装出一份嬉笑的脸孔来。

"好了，宛露，喝点热咖啡，你会发现精神好得多！我跟你说，天下没有什么解决不了的问题！也没有什么会让人痛苦得要死的事情！你把心放宽一点，不要去钻牛角尖，包你大事化小，小事化无！"

她瞪了兆培一眼。当然哩！她心里酸楚地想着，你尽可以在这儿说风凉话，反正事情没发生在你身上！反正你是段家名正言顺的儿子！她接触到兆培的目光，从没有发现，他的目光也可以如此温柔的。她垂下了眼睑，被动地喝了两口咖啡，那咖啡暖暖的香味一冲进她的鼻子，她就心神不由自主地一震，握住了杯子，一口气喝光了那杯咖啡。

"还要吗？"兆培温和地问。

她摇摇头，抱住热水袋，蜷坐在毛毯里，她忽然觉得自己有勇气，也必须要面对属于自己的"真实"面了。抬起头来，她看着段太太，颤抖停止了，寒冷亦消。

"告诉我，"她清晰地说，"别再瞒我了！我到底是从哪儿来的？"从哪儿来的？好小好小的时候，她也问过：妈妈，我是从哪儿来的？"哦，宛露，你是从玫瑰花芯里长出来的！"她酸涩地摇摇头。"妈！我要真相，你们必须告诉我真相！"

段太太深深地吸了口气，她抓住了宛露的手。她的目光坦白而坚决。

"好的，宛露，我告诉你一切真相。"她下定决心地说，"这些日子来，我也很痛苦，告诉了你，让你自己去做一个抉择，也是一个解决的办法。"她停了停，低头看着自己手里所握着的那只宛露的手，终于痛楚地抬起头来，直视着宛露，"是的，你不是我和你爸爸的女儿。二十年前，我们还没有搬到这儿来，那会儿住在和平东路，也是公家配给的房子，当时不兴公寓，还是栋有花园的日式小屋。那年，兆培五岁了，我很想要个女儿，可是，医生断定我不能再生育。我很想收养一个女孩子，就到处托人打听有没有新生的女婴。这样，大家都知道我想要个女孩，朋友们都帮我四处打听。然后，我记得清清楚楚，那天是六月二十二日，我习惯性一清早起床就去扫院子里的落叶，那时我们院子里有几棵竹子，总是落上一地的竹叶。忽然间，我听到大门外有婴儿的啼哭声，接着，有人急促地按了我的门铃。我打开大门，正好看到一个年轻的女人，如飞般跑走，而你，包在小棉被里，睁着一对炯炯有神的大眼睛，躺在咱家大门外的台阶上。"

段太太停了停，段立森轻叹了一口气。兆培却给母亲递上了一杯热茶。今天的兆培，怎么如此细心？

段太太啜了一口茶，宛露一瞬也不瞬地望着她。

"我当时心里已有了数。把你抱进了家里，才发现你又瘦又小又病又弱。解开了你的包袱，我发现在你胸前，放着一张纸条。"她抬眼看看段立森，"立森，你把那纸条拿来吧！"

段立森凝视着宛露。

"宛露，"段立森沉吟地说，"你要看吗？"

宛露坚决地点了点头。

段立森走出了屋子，片刻之后，他折了回来，手里握着一张颜色已经发黄的白报纸，慢慢地递给了宛露。宛露打开了纸，立刻看到一个像小学生般粗劣的字迹，极不通顺地写着几行字：

段先生、段太太：

我知道你们都是大好人，喜欢做好事，有个阿巴桑说你们想要个女孩子。我的女儿出生的日子是五月二十日，她的爸爸是坏人，不肯和我结婚，已经不见了。我才十九岁，妈妈不要我了，我只能当舞女。这个小孩有病，我养不起，送给你们。你们就算做好事，把她养大吧，菩萨会保佑你们。

就这么几行字，里面已经错字连篇，许多地方，还是用拼音写的。宛露抬起头来，看着段太太，心里像刀剜一般痛楚，她真希望自己从未看过这张纸条，为什么他们当初不烧掉这张纸条？段太太想把那纸条拿回去，可是，宛露死命握住了那张纸——那来自她的生母的笔迹。她该为这些字迹高兴，还是为这些字迹痛苦？这是她的喜悦，还是她的耻辱？

"宛露，"段立森深深地注视着她，"这就是你来到咱们家的经过，我至今还记得你那瘦瘦小小的样子，虽然已经满月，却只有层皮包着骨头，你妈和我，当时都很怀疑，不知道你是不是能平安地长大。我看你轻得像一滴露珠，想着你这小生命，怎可能如此不受重视？于是，我为你取名叫宛露，从此，你成了我们家的重心……"

　　"不是重心，"段太太打断了丈夫的话，"而是我们家的心肝宝贝，我们爱你，宠你，忙你……看你一天天胖起来，一天天红润起来，一天天结实起来，我们就欣喜如狂了。一年年过去，我们一年比一年更爱你。在我心中，未始没有隐忧，我一直害怕你的生母会突然出现，来向我要回你，可是，没有。这二十年来，我们也搬过好几次家，换过好几次地址，我早就放了心，认为再也不可能有人来找你了。可是，就在你二十岁生日之后没多久，那位许太太忽然冒出来了。"段太太深长地叹了口气，"起先，我真不肯承认这事，我想，她可能是来敲诈我的。但是，她哭了，哭着向我诉说，二十年来的悔恨，二十年来的追寻，她积蓄了二十年，嫁了一个比她大了二十几岁的、有钱的丈夫，因为，她要改善自己的处境，要回她二十年前遗弃了的女儿。"段太太再啜了一口茶，眼睛里浮漾着泪光。

　　"宛露，你今天晚上见到的这位许伯母，她确实是你的亲生母亲，为了证实这件事，她曾把当初那封信，也就是你手里握着的这张纸条，一字不漏地背给我听。宛露，"她凝视着女儿，"她并没受过多少教育，也没念过多少书，却背得一字不差，可见，这信在她内心深处，曾经怎样三番五次地背诵过。唉，宛露！"段太太眨了眨眼睛，那泪珠就再也无法在眼眶中停留，终于落在旗袍上，"我那么爱你，那么想要你，二十年来，你和兆培，都是我的命！我怎能让她把你抢回去？可是，我也矛盾，我也痛苦。因为她毕竟是你的生身母亲！她为了你，也挣扎过，努力过，不断追寻咱们家的踪迹。养母是母亲，生母难道不是母亲？养母都能如此爱你，生母更当如何？哦，天大的秘密，保存了二十年的秘密，现在是揭穿了。我知道你会痛苦，我知道你会伤心，但是，退一步想，我和你生母的争执，都在于爱你，别为了我们这份爱，而过于苛责你的生命！好吗？宛露？”

宛露仰着苍白的脸，望着段太太。她怎可能不是她的生母？她已经看进她的内心深处，知道她在怨恨自己的存在了！她怎可能不是她的生母？她痛楚地、颓然地、无助地把头埋进了弓起的膝盖里。心里在疯狂般地呐喊着：不！不！不！不！不！她不要这件事，她不信这件事！这是个荒乎其唐的噩梦，过一会儿，她会醒过来，发现整个事件都只是个噩梦，没有许伯母，没有许伯伯，没有自己手里紧握的那张纸条！

段立森走了过来，他把手轻轻地压在宛露那柔软的长发上，语重心长地说：

“宛露，既然秘密已经揭穿了，你也该用用你的理智和思想，好好地衡量一下这件事。我们养育了你二十年，绝不是对你的恩惠，因为你带给了我们太多的快乐，这份快乐，是千千万万的金钱也换不来的。与其说我们有恩于你，不如说你有恩于我们，你必须要了解这一点。至于你的生母，她虽然接受的教育不多，虽然流落风尘，对于你，她也竭尽全力。先帮你找了一个可靠的人家来养育你，又积下了金钱，嫁了阔丈夫，再说服了丈夫，一起来寻找你，她实在是也不容易！所以，宛露，你的生母现在条件改善了，也很需要你，你现在早已超过了成人年龄，你可以选择生母，也可以继续跟着我们，你有你自由的意志。现在，你一定很乱，但是，你必须冷静下来，冷静地考虑你的未来，以及你要做的选择！"

宛露的头抬起来了，忽然间，她觉得像是有山洪在她胸腔里暴发了一般，她觉得疯狂而恼怒，觉得整个的世界和她开了一个太大太大的玩笑。眼泪从她眼睛里涌了出来，迸流在整个面庞上。她的眼珠浸在水雾中，可是，却像火般在燃烧。她崩溃了，她昏乱了，她大声地、无法控制地、语无伦次地吼叫了起来：

"你们当初为什么不让我死在那台阶上？你们为什么要收养我？你们为什么要骗我二十年？你们有了哥哥，已经够了，为什么还要去弄一个养女来？现在，你们要我选择，我宁愿选择当初死掉！你们不该收留我，不该养大我，不该教育我……我恨你们！恨你们！恨你们！恨你们的仁慈，恨你们对我的爱……"

"天哪！"段太太站起身来，面孔雪白，身子摇摇欲坠。段立森立即跑过去，一把扶住了段太太。段太太泪眼婆娑地转向了丈夫。"天哪！"她说，"我们做错了什么？我们到底做错了什么？"

兆培一直在一边倾听，这时，他忽然忍无可忍地扑了过来，抓住宛露的手臂，他疯狂地摇撼着她，大喊着说：

"你疯了！宛露！你有什么权力责怪爸爸妈妈？只因为他们收养了你，教育了你，爱护了你！难道养育你反而成了罪过？你还有没有人心？有没有头脑？有没有思想？有没有感情？"

宛露被兆培的一阵摇撼摇醒了，睁大了眼睛，惊愕地张大了嘴，再也吐不出声音。兆培咽了一口口水，冷静了一下自己，他回头对父母说：

"爸爸，妈，你们下楼去坐一坐，我和宛露单独谈一谈！"

"兆培！"段立森不安地喊了一句，若有所思地望着儿子，"你……也要卷进这件事吗？"

"既是家里的一分子，发生了事情，就谁也逃不掉！"兆培说，稳重地望着父亲，"爸，你放心！"

"好吧！"段立森长叹了一声，挽住妻子往门口走去，"你们年轻人或许比较容易沟通，你们谈谈吧！"他疲倦地、沮丧地、不安地带着段太太走出了屋子。

兆培把房门关好，回到了宛露的面前，他平日的嘻嘻哈哈都已消失无踪，看起来严肃而沉着。拉了一把椅子，坐在宛露的对面，宛露自从被他乱摇了一阵之后，就像个石头雕像般呆坐在那儿，瞪大了眼睛，动也不动。

"宛露，"兆培深沉地说，"你不觉得，你对爸爸妈妈说的那些话，完全不公平吗？"

宛露终于抬起眼睛来，冷冷地看了他一眼。

"你不用对我说什么，"她的脸上毫无表情，"我也不想听你说，因为你根本不可能了解我今天的心情！"

"为什么？"

"你知道为什么！"她又大叫了起来，"你是他们的儿子，

你理所当然地享有他们的爱！你不必等到二十岁，来发现你
是个弃儿！来面对生育之恩与养育之恩的选择，你幸福，你
快乐……"

"别叫！"兆培哑声说，他的声音里有种巨大的力量，使
她不自禁地停了口，"听我说，宛露，"他死盯着她的眼睛，
一个字一个字地吐出来，声音低沉、有力，清晰。"妈妈自幼
就有心脏病，她根本不可能生育，不只是你，也包括我！"

宛露愕然地抬起头来，张大了嘴。

"哥哥，"她嘶哑地、不信任地说，"你不必用这种方式来
安慰我！"

"我不是安慰你，"兆培肯定地说，眼光定定地停在她脸
上，"我十八岁那年，无意间发现了这个秘密。我看到一张医
院的诊断书，妈妈不可能生育，我到医院求证过，然后，我
直接问了爸爸，爸爸没有隐瞒我，我是从孤儿院里抱来的！"

宛露的眼睛睁得更大了。

"你不要以为我的地位比你高，宛露，我们是平等的。今
天，你比我还幸运，因为你起码知道了你的生母是谁，而我
呢？我的生父生母都不可考，我是被抛弃在孤儿院门口的！"

宛露一动也不动地盯着他。

"你知道我也痛苦过吗？但是，很快我就摆脱了这份痛
苦，因为我体会出我的幸福。你刚刚说到生育之恩与养育之
恩，你知不知道，生育是出于偶然，说得难听一点，很可能
是男女偷欢之后的副产品，生而不养，不如不生！而养育，
却必须付出最大的爱心与耐心！哪一个孩子，会不经哺育而

长大！宛露，我想明白了之后，我心里只有爱，没有恨，爱我们的爸爸妈妈！因为，他们是真正爱我们才要我们的！不是为了追求一时的欢愉而生我们的！你懂了吗，宛露？"

宛露依然不说话，她整个人都呆了。

"从此，"兆培继续说，"我知道我是段立森的儿子！我再也不管其他，我以我的父母为骄傲，为快乐，我以我的家庭为光荣。虽然，我的生身父母很可能是流氓，是娼妓，我不管！我只知道一件事：我是段立森和吴慧中的儿子！今天，即使有个豪门巨富来认我，我也不认！我只认得我现在的爸爸妈妈！"

宛露的泪痕已干，她眼睛里闪着黑幽幽的光。

"好了，"兆培站起身来，"你去怪爸爸妈妈吧，去怪他们收留了你，去怪他们养育了你，去怪他们这些年来无条件地爱你！你去恨他们吧，怨他们吧！反正，你已经有了生母，恨完了，怨完了，你可以回到你生母身边去！反正，生育之恩与养育之恩里你只能选一样！"

宛露抛开了身上的毯子，丢下了那个热水袋，慢吞吞地站起身来。

"你要干什么？"兆培问。

"去楼下找爸爸妈妈。"她低语，走到了门口，她又回过头来，眼睛湿润地看着兆培。"哥哥，"她由衷地喊了一声，"我从来不知道，你是这样好的一个哥哥！"

"你更应该知道的，是我们有怎样一个家庭！"兆培说，"妈妈从没骗过我们，你是玫瑰花芯里长出来的，我是苹果树上摘下来的。"

宛露走出房门，沿阶下楼。段立森正和太太并肩坐在一张长沙发上，段立森在轻拍着太太的手背，无言地安慰着她。宛露笔直地走到他们面前，慢慢地跪倒在沙发前面，她一手拉住母亲，一手拉住父亲，把面颊埋进了段太太的衣服里。

"爸爸，妈妈，"她低语，"我爱你们，要你们，永远永远。你们是我唯一的父母，再也没有别人。"

10

顾友岚抬头望着那已建到六楼的美奂大厦，核对着自己手里的建筑图，工人们已排好了七楼顶的钢筋，在工程局派人来检查之前，他必须先鉴定一下工作是不是认真而完满，是不是符合要求。乘上室外那架临时电梯，他吊上了六楼的楼顶，爬在鹰架上，他和副工程师讨论着、研究着，也争辩着。安全第一，省钱是绝对不行的！他坚持他的原则，副工程师有副工程师的看法，两人讨论了好半天，那鹰架窄小危陡，他居高临下，望着楼下的工地和街头的人群。街对面，另一栋十四层的美伦大厦也已破土，这些年来，台湾的繁荣令人震惊，怎么有这么多人肯出钱买房子？

从鹰架上回到电梯，再从高空吊下来，他已经蹭了一身的尘土和那钢架上的铁锈。还好他穿的是一身牛仔衣，但双手上全是泥土，正要走往工地临时搭盖的办事处去，他被喊住了：

"友岚！"

他回头，兆培正靠在那工地的柱子上看着他。兆培不像平常那样充满生气和喜悦了，他脸上有某种沉重的、不安的表情，这使友岚有些迷惑了，他望着兆培：

"你特地来找我吗？"

"不找你找谁？"

"下班了？"他问。

"我今天是值早班，"兆培说，深思地望着友岚，"现在已经快五点钟了，你能不能下班？我有点事想和你谈一谈。"

友岚看了他两秒钟，立刻说：

"好，我洗个手，交代一声就来！"

友岚走出办事处。对兆培深深地看了一眼，他笑笑，在兆培背上敲了一记：

"你怎么了？失恋了吗？我看你那位李玢玢对你一往情深，应该是不会有问题的，除非是你的牛脾气发作，不懂得温柔体贴，把人给得罪了……"他们走到友岚的"跑天下"前面，开了车门，友岚说："进去吧！我们找一家咖啡馆坐坐。"

"不用去咖啡馆，"兆培坐进了车子，望着在驾驶座上的友岚，"我来找你，不是为了我的事情，而是为了你和宛露。"

友岚的脸色僵住了，他的眼睛直视着玻璃窗前面。

"什么意思？"他故作冷淡地问，"我听说她最近和那个新闻记者来往密切，难道他们吹了吗？"

"我不知道。"兆培说，"吹不吹我觉得都没关系，如果是我爱的女孩子，即使是别人的女朋友，我也会把她给抢过来。

不战而认输，反正不是我的哲学。"

友岚震动了一下，很快地掉头望着兆培。

"兆培，你话里带着刺呢！"他说。

"友岚，"兆培沉重地看着他，"宛露已经知道她的身世了。"

友岚吃了一惊，他盯着兆培。

"怎么会？大家不是都瞒得很紧吗？难道……"他醒悟地，"那个母亲又找来了！"

"是的，昨天晚上发生的事，反正一切都穿帮了。宛露那个生母，你也知道，是不怎么高明的。宛露很受刺激，我从没看过她像昨晚那样痛苦，当时她似乎要发疯了，后来，我把我的身世也告诉了她，她才平静了。但是，友岚，我们全家都很担心她。"

"怎么呢？"

"她的世界一下子翻了一个身，她很难去接受这件事的。她和我不同，我到底是男孩子，一切都看得比较洒脱。宛露从小，你也知道，她表面虽然对什么都满不在乎，又心无城府。可是，实际上，她很敏感，又很骄傲。"

"我懂。"友岚说，"岂止是敏感和骄傲，她还很倔强，很好胜，很热情，又很容易受伤。"

兆培把手搭在友岚肩上。

"世界上不可能有另一个男人，比你更了解宛露。所以，你该明白，这件事对她的打击和影响有多重。如果她的生母不是个风尘女子，对她来说或许还好一点。现在，我们担心她以往的自尊与自傲已荡然无存了。友岚，"他凝视他，语重心长，"如果你还爱她，去帮帮她吧，她会需要你！"

友岚又震动了一下。

"她现在在家里吗？"他问。

"不，她上班去了。"兆培看看手表，"现在，她马上就要下班了。今天，大家都劝她请假，可是她坚持要上班，她早上走的时候，脸色苍白得像个病人。妈很不放心，我们都不知道该怎么办……"

"我懂了。"友岚简单明了地说，发动了汽车，"我们去杂志社接她。"

"慢点！"兆培说，打开车门，"你去，我不去！如果她肯跟你谈，不必急着把她送回家来，你可以请她吃晚饭，或者，带她去什么地方玩玩，散散心！"他跳下了车子。

"我想，"友岚关好车门，把头伸出车窗，对兆培说，"我会想办法治好她的忧郁症！"

"别太有把握！"

友岚的车子冲了出去，开往大街，他向敦化北路开去，心里被一份朦胧的怜惜与酸涩胀满了。他想着宛露，那爱笑的、无忧无虑的宛露，那跳跳蹦蹦、永远像个男孩一般的宛露，那稚气未除、童心未泯的宛露，那又调皮又淘气的宛露，那又惹人恨又惹人疼的宛露……她现在怎样了？突然揭穿的身世会带给她怎样的后果？噢，宛露，宛露，他心里低唤着：你是什么出身，有什么重要呢？别傻了！宛露，只要你是你！

车子停在杂志社门口，他等待着，燃起了一支烟，他看看手表，还不到下班时间，倚着车窗，不停地吞云吐雾，烟雾迷蒙在窗玻璃上。

杂志社下班了，三三五五的男女职员结伴而出。他紧紧地盯着那大门，然后，他看到了宛露。她低垂着头，慢吞吞地走出杂志社，手里抱着一沓卷宗。数日不见，她轻飘得像一片云，一片无所归依的云。她那长长的睫毛是低俯着的，嘴唇紧紧地闭着，她看起来心不在焉而失神落魄。

他打开车门，叫了一声：

"宛露！"

她似乎猛吃了一惊，慌张地抬起头来，像只受了惊吓的、迷失的小鸟。发现是他，她幽幽地透出一口气来：

"哦，是你！"她喃喃地说。

"上来吧！"他温柔地说，那怜惜的感觉在他胸中扩大。

她一语不发地坐进了车子，有股无所谓的、散漫的、迷惘的神情。怀里还紧抱着那沓卷宗，就好像一个寒冷的人紧抱着热水袋一般。他悄眼看她，从她手中取下了那沓稿件，放到后座去。她被动地让他拿走了手里的东西，双手就软软地垂在裙褶里了。她穿着件浅灰色的套头毛衣，深灰色的裙子……不再像个男孩子了，只是一抹灰色的、苍凉的影子。

他发动了车子，熄灭了烟蒂。

"我请你去大陆餐厅吃牛排。"他说。

她看了他一眼。没说话。

"你中午吃了什么？"他问。

她蹙蹙眉，轻轻地摇了一下头。

"你的意思不会是说，中午根本没吃饭吧？"他不自觉地提高了声音，带着责备的意味。

她仍然不说话。

"喂！"他忽然恼怒了，转头盯了她一眼，他大声说，"你还算个洒脱不羁的人吗？你还算是天不怕地不怕的吗？你还算是坚强自负的吗？你怎么如此无用？一点点打击就可以把你弄成这副怪样子？别让我轻视你，宛露，别让我骂你，你的出身与今天的你有什么关系？二十年前你无知无识，和一只小猫小狗没什么分别，今天的你，是个可爱的、优秀的、聪明的、快乐的女孩子！你犯得着为二十年前的事去伤心难过吗？你应该为今天的你骄傲自负才对！"

"你都知道了？"她低声问。

"知道你的出身吗？我一直就知道！从你被抱进段家就知道！不只我知道，爸爸知道，妈妈知道，我们全家都知道！但是，二十年来，我们轻视过你没有？在乎过这事没有？我们一样爱你疼你怜你宠你！没料到，你自己倒会为这事想不开！"

她闭紧了嘴，脸上有一份深思的表情。

车子开到了大陆餐厅。他带她走上了楼，坐定了，她仍然呆望着桌上的烛杯出神。友岚不理她，招来了侍者，他为自己叫了一客纽约牛排，然后问她：

"你吃什么？"

"随便。"

友岚转头对侍者："给这位小姐一客'随便'，不过，在随便里，多加点配料，我想，加客菲力牛排吧！另外，先给这位小姐一杯'Pink Lady'，给我一杯加冰块的白兰地。"

侍者含笑而去，宛露抬起眼睛来。

"我不会喝酒。"

"任何事都是从不会变成会的。"友岚盯着她，"你以前不会悲哀，现在你会悲哀；你以前不会烦恼，现在你会烦恼；你以前不会多愁善感，现在你会多愁善感；你以前不会恋爱，现在你也会恋爱！"

"恋爱？"她大大地震动了一下，"我和谁恋爱？"

"和我！"他冷静地说。

"和你？"她的眼睛睁大了，那生命的活力又飞进了她的眸子，她不知不觉地挑起了眉毛，瞪视着他，"我什么时候和你恋爱了？"

"你迟早要和我恋爱的！"他说，"十五年前我们扮家家酒，你就是我的新娘！以后，我们还要扮正式的家家酒，你仍然要做我的新娘！"

她的眼睛睁得更大了。

"你这么有自信吗？"她问。

他凝视她，然后，忽然间，他把手盖在她的手背上，他的眼光变得非常温柔了，温柔而深刻，细腻而专注，他紧紧地、一瞬也不瞬地望着她，低柔而诚恳地说：

"宛露，嫁给我吧！"

她的眼里蒙上了一层雾气。

"你在向我求婚？"她低低地问。

“是的。”

“你知不知道，你选了一个最坏的时刻。”她说。侍者送来了酒，她握着杯子，望着里面那粉红色的液体，以及那颗鲜红欲滴的樱桃。“我现在什么情绪都没有。”

“你可以慢慢考虑。”他说，用酒杯在她的杯子上碰了一下，“祝福你，宛露。”

“祝福我？”她凄苦地微笑了，“我有什么事情可以被祝福？因为我是个弃儿吗？因为我是个舞女的私生女吗？因为——我有双不安分的眼睛吗？”

“不安分的眼睛？”他莫名其妙地问，“这是句什么话？我实在听不懂。”

“你不用听懂它。”她摇摇头，啜了一口酒，眉头微蹙着。忽然间，她崩溃了，软弱了，用手支住了头，凄然地说：“友岚，我怎么办？我该怎么办？”

“说出来！”他鼓励地，“把你心里想的事，都说出来！等你说出来了，会觉得舒服多了。”

“你看，友岚，”她说了，坦率地望着他，“二十年来，我把自己当成段立森的亲生女儿，一个大学教授的女儿，然后我受了大专的教育，无形地已经有了知识给我的优越感。忽然间，我发现自己只是个舞女的私生女，我的生父，很可能是个不学无术的登徒子。我极力告诉自己，就当这件事没发生过，像哥哥说的，养育之恩重于生育之恩。事实上，我爱爸爸妈妈，当然胜过那位‘许伯母’。可是，在潜意识里，我也很同情我那位生母，那位寻找了我二十年的生母……”

友岚燃起了一支烟，烟蒂上的火光在他瞳仁里跳动。

"让我帮你说吧！"他静静地说，"你虽然同情你的生母，但也恨她。一来，她不该孕育你；二来，她不该遗弃你。假如你自始至终就是个舞女的女儿，不受教育，长大在风月场中，你还容易接受一点。或者，你现在会沦为一个酒家女，你也会安于做个酒家女。因为，你不会有现在这么多的智慧和知识，来产生对风尘女子的鄙视心理。就像左拉的小说，《小酒店》里那个绮尔维丝，生出来的女儿是娜娜，娜娜的命运也就注定了。你呢，你的父亲是名教授，你早已习惯这个事实，接受这个事实，甚至为此而骄傲，谁知，一夜之间，你成了娜娜了。"

宛露怔怔地望着友岚。

"你了解我的，是吗？"她感动地说，泪光在眼里闪烁，"你了解我的矛盾，你也能体会我的苦恼，是吗？"

"是的，还有你的自卑。"

"自卑！"她喃喃地念着这两个字，眼光迷迷蒙蒙地停驻在友岚的脸上，"你也知道，我变得自卑了。"

"我知道，"他深深点头，"童话里有灰姑娘变成皇后，你却觉得，你从皇后变成了灰姑娘！唉！"他长叹一声，靠进了沙发里，他的眼光，仍然深沉而恳切地看着她，"听我一句话，好吗？"

"好，我听你。"她被动而无助地说，像个迷失而听话的孩子。

"别再让这件事烦恼你，宛露！你内心的不平衡，是必然的现象，但是，宛露！"他拉长了声音，慢吞吞地说，"你的可爱，你的聪明，你的智慧，你的洒脱，你的一举一动，一言一语，甚至你的调皮和淘气，都不会因为你的身世而变质。何况，即使是舞女的女儿，也没什么可耻！舞女一样是人，一样有高尚的人格，你必须认清楚这点！再说，宛露，你是段立森的女儿，我爱你！你是舞女的女儿，我也爱你！你是贩夫走卒的女儿，我照样爱你！事实上，从小，我就知道你的身世，我何尝停止过爱你？所以，宛露，听我一句话，别再自卑，如果你知道你自己有多可爱，你就不会自卑了！"

宛露瞪视着友岚，泪珠在睫毛上轻颤。

"哦，友岚！"她低低地喊，"你在安慰我！"

"是吗？"友岚盯着她问，"我并不是从今天起开始追求你的吧！我是吗？"

宛露瞪视了他好一会儿，无言以答。他们彼此注视着，烛光在两人的眼光里跳动。然后，宛露终于把脸埋进了手心里，她的声音压抑地从掌心中飘了出来：

"友岚，你为什么要对我这样好？"

"我只希望，"友岚一语双关地说，"我对你的'好'，不会也变成你的负担！"

听出他话里的深意，她沉思了。

牛排送来了，香味弥漫在空气里，那热气腾腾的牛排，仍在哧哧作响。友岚对宛露笑了笑，再拍了拍她的手，温柔地说：

"你的'随便'来了。如果你肯帮我做一件事，我会非常非常感激你。"

"什么事?"她诧异地。

"把这个'随便'吃完!我不许你再瘦下去!"

她愕然地看着他。

"友岚,从什么时候起,你变得这么会说话?"

"我会说话吗?"友岚苦笑了一下,"我想,我绝不会和新闻记者一样会说话!"

宛露刚刚红润了一些的面颊,倏然又变白了。友岚迅速地接了一句:

"对不起,宛露。我并不是存心要说这句话,我想,嫉妒是人类的本能。好了,我们不谈这个,你快吃吧!"

宛露开始吃着牛排,半晌,她又抬起头来,求助地看着友岚。

"友岚,我该如何对待我那位生母呢?"

友岚沉思了一下。

"她已经有了丈夫,她也不缺钱用,你实在不欠她什么。宛露,生命又不是你自己要求的,她生而不养,是她欠你,不是你欠她。'天下无不是的父母'这句话,早就该修正了,如果你去儿童救济院看看,你就会发现,这世界上有多少不负责任的父母!"

"像哥哥说的,生而不育,不如不生!"

"对了!"友岚赞赏地,"兆培是过来人,他真能体会其中的道理。所以,宛露,别以为你欠了你生母的债,她应该自己反省一下,她所造的孽。万一你不是被段家收养,万一你冻死在那台阶上，她今天到何处去找你？是的，她现在也痛苦，但，这痛苦是她自己造成的。天作孽，尚可为；自作孽，不可活！"

"但是……"宛露放下了刀叉，出神地说，"她并没有这么高的智慧，来反省，来自责呀！"

他望着她。

"宛露，"他轻轻地、柔柔地、充满感情地说，"你太善良了！你像个天使。我告诉你吧，既然你放不下她，偶尔，就去看看她吧！这样对她而言，已经是太幸运了！"

宛露不再说话，只是慢吞吞地吃着那牛排。她脸上原有的那种凄恻与迷惘，已慢慢地消失了。当晚餐过后，她啜着咖啡，眼睛里已经重新有了光彩，她凝视着他的目光，是相当温柔的，相当细腻的，而且，几乎是充满了感激与温情的。

他们一直坐到餐厅打烊，才站起身来离去。上了车，他直驶往她的家里，车子到了门口，停住了。他才握住她的手，诚挚地问：

"嫁我吗？宛露？"

她闪动着睫毛，心里掠过一阵莫名其妙的痛楚。

"哦，友岚，"她低语，"你要给我时间考虑。"

"好的，"他点点头，"别考虑太久，要知道，每一分钟的等待，对我都是一万个折磨。"他把头俯向她，睫毛几乎碰着她的睫毛，鼻子几乎碰着她的鼻子，"我可以吻你吗？宛露？"他低问，"我不想再挨你一个耳光。"

她心里掠过一阵挣扎，然后，她闪电般地在他唇上轻触了一下，就慌张地打开了车门，飞快地跳下了车子，仓促地说：

"不用送我进去了，你走吧！"

友岚叹了口气，摇摇头，发动了车子。

宛露目送他的车子走远了，才转过身来，预备按门铃。可是，忽然间，她呆了！在门边的一根电杆木上，有个高高的人影，正斜靠在那儿，双手抱在胸前，眼光炯炯然地盯着她，那眼光，如此阴鸷，如此狂热，如此凶猛，如此闪亮……使她心脏一下子就跳到了喉咙口。

"你好，宛露！"他阴沉沉地说，"你知道我在这儿站了多久？整整七小时！以致没有错过你和那家伙的亲热镜头！"

"孟樵！"她喃喃地叫，头晕而目眩，"你饶了我吧！你放了我吧！"

"我饶了你？我放了你？"他低哼着，一把握住她的手腕，用力把她拉进了怀里，他的眼光凶猛而狂暴，他的声音里带着暴风雨般的气息，"你是一片云，是吗？你可以飘向任何一个人的怀里，是吗？"他咬牙切齿，"我真恨你，我真气你，我真想永远不理你……可是，"他的目光软化了，他的声音骤然充满了悲哀、热情与绝望，"我竟然不能不爱你！"

他的嘴唇猝然压住了她的，带着狂暴的热烈的需求，辗转地从她唇上辗过。他的身子紧紧地搂着她，那强而有力的胳膊，似乎要把她勒成两半。半晌，他喘息地抬起头来，灼灼然地盯着她。

"何苦？宛露？"他凄然地说，"何苦让我受这么多罪？

这么多痛苦？宛露！我们明明相爱，为什么要彼此折磨？"他把她搂得更紧，"你知道吗？你的每个细胞，每根纤维，都在告诉我一件事，你爱我！"

宛露绝望地闭上了眼睛，崩溃地低喊：

"孟樵！我简直要发疯了！你们这所有所有的人，你们要把我逼疯了！"

II

宛露坐在书桌前面，呆呆地注视着桌上的台灯，默默地出着神。桌上，有一沓空白的稿笺，她想写点什么。提起笔来，她想着以前的自己，过二十岁生日的自己！她在纸上下意识地写着：

我是一片云，

天空是我家，

朝迎旭日升，

暮送夕阳下！

我是一片云，

自在又潇洒，

身随魂梦飞，

来去无牵挂！

多大的气魄！朝迎旭日升，暮送夕阳下！多么无拘无束，身随魂梦飞，来去无牵挂，而今日的她呢？她再写：

我是一片云．

轻风吹我衣，

飘来又飘去，

何处留踪迹？

我是一片云，

终日无休息，

有梦从何寄？

倦游何所栖？

写完，她丢下笔。咳！我是一片云！多么潇洒，多么悠游自在，多么高高在上，多么飘逸不群！我是一片云！曾几何时，这片云竟成了绝大的讽刺！云的家在何方？云的窝在何处？云来云往，可曾停驻？我是一片云！一片无所归依的云！一片孤独的云，一片寒冷的云，一片寂寞的云，也是一片倦游的云！她把额头抵在稿纸上，泪水慢慢地浸湿了稿笺。

楼下，玢玢和兆培在有说有笑，玢玢那轻柔的笑语声，软绵绵地荡漾在室内。幸运的玢玢！没有家庭的烦恼，没有爱情的烦恼，没有身世的烦恼！一心一意地跟着兆培，准备做段家的新妇！而她呢？是走向"情"之所系的孟樵，还是走向"理"之所归的友岚？或者，剪掉长发，遁入荒山，家也空空，爱也空空，何不潇潇洒洒地一起丢下，去当一片名副其实的"云"？于是，她心里朦胧地浮起在《红楼梦》中所读到的那阕《寄生草》：

漫揾英雄泪，相离处士家。

谢慈悲，剃度在莲台下。

没缘法，转眼分离乍。

赤条条，来去无牵挂。

那里讨，烟蓑雨笠卷单行？

一任俺，芒鞋破钵随缘化！

她心里凄楚地反复地读着这些句子：没缘法，转眼分离乍，赤条条，来去无牵挂！越想越空，越想越心灰意冷。

有门铃的声音，她没有移动身子，门铃与她无关，全世界都与她无关，她但愿自己能"赤条条，来去无牵挂"！连那个"芒鞋破钵"都可以省了。她模模糊糊地想着，却听到脚步声到了房门口，那从小听熟了的脚步声：母亲！母亲？她的母亲是那个许伯母啊！

段太太敲了敲门，走进屋来，一眼看到宛露的头靠在桌上，还以为宛露睡着了。轻步走近了她身边，段太太俯头凝视她，才发现宛露正大大地睁着眼睛，稿纸上的字迹，早被泪水弄得模糊不清。

"宛露，"她低低地叫，用手抚摸着她的头发，"怎么又伤心了？你答应过妈妈，不再伤心难过的！"

"我没事！"宛露抬起头来，很快地用袖子擦了擦眼角的泪痕。天很冷了，她穿着件枣红色的小棉袄，立即，那缎面的衣袖上，就被泪水浸湿了一大片。

"宛露，有人找你！"段太太说，深思地望着宛露。

"哦，是友岚吗？"她问。

"不，是孟樵。"

宛露打了个寒战，什么爱也空空，恨也空空，人的世界又回到面前来了。孟樵，可恶的孟樵！阴魂不散的孟樵！纠缠不清的孟樵！永远饶不掉她的孟樵！她吸了口气：

"妈，你告诉他，我不在家吧！"

段太太深深地望着女儿。

"宛露！你并不是真的要拒绝他，是吗？你想他，是不是？而且，你是爱他的！"她用手怜惜地捧起宛露那憔悴而消瘦的下巴，"去吧！宛露，去和他谈谈！去和他散散步，甚至于……"段太太眼里含了泪，"如果你要哭，也去他怀里哭一哭，总比你这样闷在屋子里好！"

"妈，"宛露幽幽地说，"你不是希望我和友岚好吗？你不是喜欢友岚胜过孟樵吗？"

"不，宛露。我只希望你幸福，我不管你跟谁好，不管你嫁给谁，我只要你幸福。"

"你认为，孟樵会给我幸福吗？"

"我不知道。"段太太迷惘地说，"我只知道，你真正爱的是孟樵，而不是友岚。你的一生，谁也无法预卜。可是，可怜的宛露，你当初既无权利去选择你的生身父母，又无权利去选择你的养父母。现在，你最起码，应该有权利去选择你的丈夫！"

宛露愣愣地看着母亲，默然不语。

"去吧！宛露，他还在楼下等着呢！"

宛露再怔了几秒，就忽然掉转身子，往楼下奔去。段太太又及时喊了一声：

"宛露！"

宛露站住了。

"听我一句话，对他母亲要忍让一些。他母亲这一生，只有孟樵，这种女人我知道，也了解。在她潜意识里，是很难去接受另一个女人来分掉她儿子对她的爱。因此，她会刁难你，会反抗你，会拒绝你。可是，宛露，这只是一个过渡时期，等她度过了这段心理上的不平衡之后，会接受你的。所以，宛露，既然你爱孟樵，你就要有耐心。"

宛露凝视了母亲好一会儿，段太太给了她一个温柔而鼓励的笑。于是，宛露下了楼。

楼下，孟樵正在客厅里不耐烦地走来走去，兆培斜靠在沙发椅上，用一对很不友善的眼光，冷冷地看着孟樵。玢玢斜倚在兆培身边，只是好奇地把孟樵从头打量到脚，又从脚打量到头，再凑到兆培耳边去说悄悄话：

"他很漂亮！也很有个性的样子！"

兆培狠狠地瞪了玢玢一眼，于是，玢玢慌忙又加了一句：

"不过，没有你有味道！"

兆培笑了。

"因为我没洗澡的关系！"

汾汾掐了兆培一把，兆培直跳了起来。

"要命！"他大叫，"你该剪指甲！"

"我不剪，就留着对付你！"

孟樵看着他们打情骂俏，奇怪着，为什么别的情侣之间都只有甜蜜与温馨，而他和宛露之间，却充满了风暴的气息？是自己不对，是宛露不对，还是命运不对？他正烦躁着，宛露下楼来了。一件枣红色的小棉袄，一条灰呢的长裤，她瘦骨娉婷而纤腰一把。那白皙的面颊上，泪痕犹新，那大大的黑眼睛如梦如雾。就这样一对视，孟樵已经觉得自己的心脏绞扭了起来，绞得他浑身痛楚而背脊发冷。怎么了？那嘻嘻哈哈的宛露何处去了？那无忧无虑的宛露何处去了？那不知人间忧愁的宛露何处去了？他大踏步地迎了过去。

"宛露，我们出去走走，我有话和你谈。"

她怔了怔。

"我去拿件大衣。"她才转身，段太太已拿着件白色大衣走下楼来，把大衣递给了宛露，她望着孟樵说：

"孟樵，好好照顾她，别让她受凉了，也——别让她受气。"

孟樵庄重地看着段太太。

"伯母，您放心。"

走出了段家，街头的冷风就迎面而来，冷风里还夹杂着细细的雨丝。这已经是雨季了，往年的这时候，整天都是绵绵不断的雨，今年的雨来得晚。可是，街面上，柏油路已经是湿漉漉的了。孟樵伸手把宛露揽进了怀里，帮她把大衣扣子严密地扣住，又把她拉往人行道。

"别淋了雨。"他说。

"我喜欢。"她固执地走在细雨中，"你说有话要和我谈，你就快些谈吧！"

"宛露，"他忍耐地叹口气，"你相当冷淡呵！这些日子，你到底是怎么了？你躲我，你不见我，你逃避我……难道我真是个魔鬼吗？"

"我早已跟你说过，我们之间完了。"宛露望着脚下那被雨洗亮了的街道，和那霓虹灯的倒影，"我不知道，你为什么一直要对我纠缠不清。"

"因为我们之间并没有完！"他强而有力地说，"因为我爱你，因为我要你，因为我要娶你！"

她陡地一震。

"你说什么？"她含糊地问。

"我要娶你！"他清清楚楚地说，语气坚决、肯定而果断，"我已经决定了，过阴历年的时候，我们就结婚！报社要派我到美国去三个月，你也办手续，我们正好到那边去度蜜月！"

宛露站住了，她扬着睫毛，怔怔地看着孟樵，那细细的雨珠，在她睫毛上闪着微光。她那清幽的眸子，却是晶莹剔透的。

"你已经决定了？"她慢吞吞地问，"你怎么知道我要不要嫁你？"

"你要的！"他坚定地望着她，"你一定要，也非要不可！

你没有其他的选择，你只能嫁给我！”

“为什么？”她惊愕地。

“因为你爱我！”

她张大了嘴。

“你倒是一厢情愿……”

他把她拥进了怀里，她的嘴被他那粗糙的衣服堵住了。他的手强而有力，他的怀抱宽阔而温暖。于是，一刹那间，她觉得自己再也不想挣扎，再也不想飘荡，再也不要做一片云，再也不要去选择……是的，她要嫁他，她想嫁他，她愿跟他去天涯海角！只有这样有力的胳膊，能给她一个安全的怀抱；只有这样一颗狂热的心，能给她充裕的爱；只有这样一个宽阔的胸怀，能稳定她那游移的意志。是的，她要嫁他，是的，她只能嫁他，是的，她爱他！全心全意地爱他！

她叹了口长气。

“孟樵，”她喃喃地说，“你真的要我吗？真的吗？甚至不管你母亲的反对吗？”

他挽着她往前走。

“我妈已经同意了。”

“什么？”她吓了一跳，不信任地仰头看着他，“你骗我！她不可能同意！她不喜欢我，她一点也不喜欢我，她怎么会同意？”

他站定了，望着她。

“你现在就跟我回家去，我们马上把这件事弄明白！我妈说了，她从没有不喜欢你，只是想使你安定下来，她说你太活泼，太野性，怕你不能跟我过苦日子。宛露，你要体谅我母亲，她对儿媳妇的要求难免会苛刻一些，因为她守了二十几年寡，把所有希望都放在我一个人身上！这些日子，她眼见我的痛苦和挣扎，她终于说了：结婚吧，娶宛露吧！我会尽我的能力来爱她……”

“她会尽她的能力来爱我？”宛露做梦似的说，“她会说这种话吗？”

“宛露！”孟樵严肃地说，“你再不信任我妈，我会生气了！我告诉你，她已经同意了我们的婚事，你还有什么可怀疑的？说真的，不是我妈对你有成见，是你对我妈有成见……”

宛露忽然有了真实感，攀住他的手臂，她眼里燃起了光彩，几个月以来，她从没有如此喜悦和狂欢过，她挑着眉毛，喘息地、兴奋地、几乎是结结巴巴地说：

“哦！孟樵！我……我错了，我……错怪了你妈！只要……只要她能原谅我，我……我……”她涨红了脸，终于冲口而出，“我愿意做个最好的儿媳妇！”

他把她一把拖到路边的阴影里，狂喜地吻住了她，她那凉凉的、湿湿的、带着雨水的嘴唇，酥软而甜蜜。她的身子娇小玲珑，像一团软软的彩霞。他的嘴唇滑向她的耳边，低低地问：

“还敢说不嫁我吗？”

“不敢了。”她轻柔地说。

“还敢说不爱我吗？”

“不敢了。”

他热烈地握住她的手，粗暴地叫：

"那么，我们还等什么？回家去见我妈吧！去告诉她，你终于要成为孟家的一分子吧！"

她颤抖了一下。

"你又怎么了？"他问。

"没事！没事！"她慌忙说，喜悦地笑着，"我只是有点冷！孟樵，你放心，我会很小心、很礼貌、很文雅地见你妈妈！我再也不会孩子气了，我已经长大了，这些日子来，我家发生了一件事……"她顿了顿，关于自己的身世，她从没对孟樵说过，不是要隐瞒他，而是没机会。现在，她觉得不是说这话的时候，甩了一下头，她甩掉了这阴影。在目前这份狂喜的心情下，她怎能容许阴影的存在呢？她笑看着他。"我是个大人了，我成熟了，我也不再是一片云，我不再飘荡。我会很乖很乖，很懂事，很懂事。你放心，孟樵，我再也不任性了。"

孟樵凝视着她，还能听到比这个更甜蜜的话吗？还能听到比这个更温柔的话吗？还能希望她更谦虚，更懂事，更可爱吗？他紧握着她，挥手叫了一辆计程车。

到了孟家，两人身上都是半湿的。冲进了客厅，孟樵扬着声音叫：

"妈！看看是谁来了？"

孟太太从卧室里走了出来，穿着件丝棉袍子，头发光亮地在脑后绾了个髻，脚步是从容不迫的，脸上的笑也是从容不迫的，她看起来整洁、清爽而神采奕奕。对于和宛露的两次冲突，她似乎真的不在意了。直接走到宛露面前，她和蔼地伸出手来，把宛露的手紧握在她的手中。宛露慌忙鞠了一躬，恭恭敬敬地叫了一声：

"伯母！"

孟太太笑望了孟樵一眼：

"樵樵，你怎么让她淋了雨呢？这样不懂得体贴人呵，还配结婚娶太太吗？"

"噢，伯母！"宛露情不自禁地代孟樵辩护，"不关他的事，是我自己喜欢淋雨。"

"是吗？"孟太太对她深深地看了一眼，笑容收敛了，"以后这种怪毛病一定要改！"她说，走到沙发边坐下，"宛露！"她沉着声音叫，忽然变得很严肃、很正经、很庄重，而且是个完全的"长辈"，一点也不苟言笑的，"你过来坐下，今天既然已经谈到婚嫁，我必须和你好好地谈谈。婚姻不比儿戏，也不再是谈恋爱，要吵就吵，要好就好，婚姻是要彼此负责任的。"

"是的，伯母。"宛露温顺地说，心里又开始像打鼓般七上八下，她勉强地走到孟太太对面，在沙发上坐了下来，眼神就不知不觉地飘向了孟樵，带着抹可怜兮兮的、求助的意味。

"看着我！"孟太太皱了皱眉，"这也要改。"

"改什么？"宛露不解地问。

"宛露，不是我说你，女孩子最忌讳轻佻，你跟我说话的时候，目光不能飘向别人。这是很不礼貌的。"

"哦！"宛露喉咙里像梗了一个鸡蛋，她只得正襟危坐，目不斜视地看着孟太太，"是的，伯母。"她应着，声音已有些软弱无力。

"你既然愿意嫁到孟家来，就要知道一些孟家的规矩。樵樵的父亲叫孟承祖，曾祖父是个翰林，孟家是世代书香，从没有出过一点儿差错，孟家所娶的女孩子，也都是书香门第的大家闺秀。坦白说，宛露，你的许多条件并不符合我的要求。"

"哦，伯母。"宛露又看了孟樵一眼，孟樵已不知不觉地走了过来，坐在宛露身边，而且紧张地燃起了一支烟。当宛露的目光对他投来时，他立即对她做了一个鼓励的、安慰的眼色。

"又来了！"孟太太严厉地看着宛露，声音仍然是不疾不徐、不高不低的，"宛露，你第一件要学的事，就是目不斜视！你知道吗？你长相中最大的缺点，就是这对眼睛……"

"我知道，"宛露的胸部起伏着，"我有双不安分的眼睛，你上次告诉过我！"

"你知道就好了。"孟太太一副宽容与忍耐的态度，"这并不要紧，你只要时时刻刻提醒自己，不要随便对人抛媚眼，尤其是男人……"

"伯母！"宛露不由自主地提高了声音，"我从来就没有……"

"宛露！"孟太太沉声说，"这也要改！"

"改什么？"宛露更加困惑了。

“长辈说话的时候，你不能随便插嘴，也不能打断，这是基本的礼貌，难道你父亲没有教过你？”

宛露咬紧了牙关，垂下了眼睑，下意识地把手握成了拳，闭紧嘴巴一语不发。

“抬起头来，看着我！”孟太太命令着，“我和你说话，你不要低头，知道吗？”

宛露被动地抬起头来。

“我刚刚已经说了，你的许多条件并不符合我的要求，但是樵樵已经迷上了你，我也只好接受你，慢慢地训练和熏陶，我想，总可以把你从一块顽石，琢磨成一块美玉，你的底子还是不错的……”

“不见得！”宛露冲口而出。

“你说什么？”孟太太盯着她，“你一定要打断我的话吗？如果你现在都不肯安分下来，你怎么做孟家的媳妇呢？你看！你的眼光又飘开了！我可不希望，我娶一个儿媳妇，来使孟家蒙羞……”

“妈！”这次开口的是孟樵，他愕然地、焦灼地、紧张而困惑地注视着母亲，“妈！你怎么了？宛露又没做错什么，你怎么一个劲儿地教训她……”

“樵樵！”孟太太喊，声音里有悲切，有责备，有伤感，还有无穷无尽的凄凉，“我只想把话先说明白，免得以后婆媳之间不好相处。我没想到，宛露还没进门，我已经没有说话的余地了。好吧，你既然不许我说话，我还说什么呢？真没料到，从你小，我养你，教育你，给你吃，给你喝，今天你的翅膀硬了，你会赚钱了，又要被派去海外了，你有了女朋友，我就应该被扫地出门了……"

"妈妈！"孟樵大喊，"你怎么说这种话呢？好了好了，是我的错，我不再插嘴，你要怎么说就怎么说吧！都算我错，好吗？"他懊恼地望望母亲，又怜惜地望望宛露。对母亲的目光是无奈的，对宛露的眼光却是祈谅的。

孟太太没有忽视他这种眼神，摇了摇头，她悲声说：

"我不再说话了，我根本没有资格说话！"

"妈！"孟樵的声音变得温柔而哀恳，"请你别生气吧！今晚，我们是在谈婚事，这总是一件喜事呀！"

"喜事！"孟太太幽幽地说，"是的，是喜事！宛露是家学深厚，是名教授之女，你交到这样的女朋友，是你的幸运！我这个不学无术的老太婆，怎么有资格教她为人之道？"

"我想，"宛露终于开了口，她的声音森冷清脆，她的面颊上已毫无血色，她的眼睛乌黑而锐利，她的呼吸急促而重浊，她直视着孟太太，"你应该先了解一件事，再答应我和孟樵的婚事。我不是段立森的亲生女儿！我是他们的养女，我的生父是谁我不知道，我的生母是个舞女……"

"什么？"孟太太直跳了起来，脸色也变得雪白雪白了，她掉头看着孟樵，"樵樵！"她厉声喊，"你交的好朋友，你不怕你父亲泉下不安吗？我守了二十几年寡，把你带大，你居然想把一个出身不明不白的低贱女子，带进家门来羞辱孟家……"

"宛露！"孟樵也急了，对于宛露的出身，他根本一点也不知道，第一个冒出来的念头，就是认为宛露又在编故事，目的只是和母亲怄气。于是，他叫着说："你别胡说八道吧！宛露，你何苦编出这样荒谬的故事来……"

"哦，孟樵！"宛露的声音，冷得像冰块的撞击，"原来你和你母亲一样！你也会介意我的出身和家世，更甚过注重我自己！你们是一对伪君子！你们看不起我是不是？你又怎么知道我看不看得起你们！"站起身来，她忍无可忍地逼向孟太太，压抑了许久的怒气像火山爆发一般喷射了出来，她大叫着说，"你是一个戴着面具的老巫婆！你讨厌！你可恶！你虚伪！你势利！你守寡了二十几年，有什么了不起，要一天到晚挂在嘴上！如果你不甘心守寡，你尽可以去找男人！你守寡也不是你儿子的错误，更不是你给他的恩惠，而你！想控制你的儿子，你要独霸你的儿子，你是个心理变态的老巫婆……"

孟太太被骂傻了，呆了，昏乱了，她蜷缩在沙发上，喃喃地叫着：

"天哪！天哪！天哪……"她开始浑身颤抖，指着孟樵，语无伦次地叫，"樵樵，樵樵，你拿把刀把我杀了吧！你拿把刀把我杀了吧！……"

"宛露！你疯了！"孟樵大吼，扑过去，抓住了宛露的胳膊，"住口！宛露！你怎么可以这样骂我母亲？你疯了！住口！"

"我不住口！我就不住口！"宛露是豁出去了，更加大叫大嚷起来，"你母亲是个神经病！是个妖魔鬼怪！她根本不允许你有女朋友。她仇视你身边所有的女人！她要教育我，要我端庄贤淑，目不斜视……"她直问到孟太太脸上去，"你敢发誓你二十几年来没想过男人吗？没看过男人吗？你是一脸的道貌岸然，一肚子的……"

"啪"的一声，孟樵已对着宛露的脸挥去了一掌，这一掌清脆地击在她面颊上，用力那么重，使她站立不住，差点摔倒，扶着沙发背，她站稳了。转过头来，她不信任地睁大了眼睛，愣愣地看着孟樵，低低地说：

"你打我？你打我？"

她再看看缩在沙发上的孟太太，然后，她转过身子，像一阵旋风般冲出了大门，对着大街狂奔而去。孟樵呆立了两秒钟，才回过神来，他大叫着：

"宛露！宛露！宛露！"

他追出了大门，外面的雨已经加大了，雨雾里，他只看到宛露跳上了一辆计程车，车子就绝尘而去。

宛露缩在车子里，浑身发着抖，像人鱼一样滴着水。她不想回家，在这一刻，她无法回家，她心里像燃烧着一盆好热好热的大火，而周身却冷得像寒冰。她告诉了那司机一个地址，连她自己都弄不清楚，这个地址到底是什么地方。车停了，她机械化地付了钱，下了车，站在雨地里，迷迷糊糊地四面张望着，然后，她看清楚了，自己正站在顾友岚的家门口。

她疯狂地按了门铃。

开门的是友岚，一看到宛露这副模样，他就呆了。一句话也没问，他把她连扶带抱地弄进了客厅，大声地叫母亲。顾太太和顾仰山都奔了过来，他们立刻用了一条大毛毯，把她紧紧地裹住。她的头发湿漉漉地贴在面颊上，雨珠和着泪水，流了一脸，她浑身颤抖而摇摇欲坠。

"顾伯母，"她牙齿打着战，却十分清醒地问，"你会为了我是个舞女的私生女，而不要我做儿媳妇吗？"

"什么话！"顾太太又怜又惜又疼又爱地叫，"我们爱你，要你，宠你，从来不在乎你的出身！"

"顾伯伯，你呢？"

"你还要问吗？"顾仰山说，"我们全家等你长大，已经等了这么多年了。"

"那么，"她回头直视着友岚，"我已经考虑过了，随便哪一天，你都可以娶我！"她把双手交给友岚，郑重而严肃，"别以为我是一时冲动，也别以为我是神志不清，我很清醒，很明白，友岚，我愿为你做一个最好最好的妻子！"

"宛露！"友岚激动地喊了一声，立刻把那滴着水的身子，紧紧地拥进了怀中。

12

宛露病了一个星期。

她的病只有一半是属于生理上的，自从淋雨之后，她就患上了严重的感冒和气管炎，一直高烧不退。另一半，却完全是心理上的，她毫无生气而精神恹恹。躺在床上，她不能去上班，就总是迷惘地望着窗子。雨季已经开始了，玻璃上从早到晚地滑落着雨珠，那阶前檐下，更是淅沥不止。而院子里的芭蕉树，就真正地"早也潇潇，晚也潇潇"起来。宛露躺在床上，就这样寥落、萧索地、忧郁地听着雨声。

段太太始终伴着她，全心全意地照顾着她。至于她到底发生了些什么，段太太已陆续从她嘴中，知道了一个大概。那晚，她和孟樵一起出去，却被顾友岚裹在毛毯中送回家来，又湿，又冷，又病，又弱。当夜，她在高烧中，只迷迷糊糊地对段太太说了一句话：

"妈，他们母子都看不起我，因为我是个弃儿！"

段太太不用多问什么，也了解以宛露这样倔强任性的个性，一定和孟家起了绝大的冲突。她后悔当初没有叮咛宛露一句，对于自己的身世最好不提。可是，再想想，养育了宛露二十多年，秘密总会有揭开的一天，那么，这世界上岂有永久的秘密？如果等到婚后，再让孟家发现这个事实，那个刁钻的孟太太，一定更以为自己是受了欺骗，还不如这样快刀斩乱麻，一了百了。想定了，她就安心地照顾着宛露，绝口不和她提孟樵。她自己也不再提，就好像孟樵已经从这世界上消失了，就好像她从没有认识过一个孟樵。她却时常谈友岚，谈顾伯伯顾伯母，谈童年时代顾家如何照顾她，每当顾太太来探望她时，她就会难得地高兴起来，抓住顾太太的手，她常天真地问：

"顾伯母，你会一直这样喜欢我吗？你会一直疼我吗？你会不会有一天不喜欢我了，不疼我了？"

"傻孩子！"顾太太是慈祥、温柔而易感动的，她会把宛露拥进怀中，爱怜地拍抚着她的背脊，"你怎么说这种话呢？顾伯母不只爱你、疼你，还要照顾你一辈子！现在，你不过叫我一声伯母，过几天，你就该改口叫我妈了！噢，宛露，我是几辈子修来的福气，能有你这样一个儿媳妇！"

这时，宛露就会含着泪笑了。一看到她这种笑中带泪的情况，段太太就觉得又心痛又怜惜。因为，她从宛露这种对"亲情"更胜过"爱情"的渴求里，深深体会到她在孟家所受到的屈侮。孟太太，那是怎样一个女人呢？她竟把宛露所有的自信心扫得一干二净了。

顾友岚每天下班后都来看宛露，有时带一束花来，有时带一篮水果。坐在她床边，他会想尽各种笑话来说给她听，只为了博她一笑。宛露躺在那儿，静静地看着他，静静地听着他，当他说到好笑的地方，她也会微微一笑，可是，那笑容是那么怯怯的，可怜兮兮的，含泪又含愁的。于是，有一晚，友岚再也忍不住，他在她床前的地板上坐了下来，定定地看着她，问：

"宛露，你到底怎么了？明白告诉我吧！别把我当傻瓜，宛露，我并不像你想象的那么单纯和天真，你之所以选择我，一定有某个特殊的原因。"把握住她那瘦骨支离的手，轻轻地说，"那个孟樵，他伤了你的心了，对不对？"

宛露感到胸中有一股热浪，直冲到眼眶里，她迅速把头转向了床里。但是，友岚不容许她逃避，扳住她的头，他强迫她面对着自己，他稳定地看着她，温柔、诚恳但却语重心长地说：

"宛露，我不希望自己是个代替品！但是，我要你，我也爱你，这份爱，可能远超过你的想象。我不知道我在你心里到底占多少分量，却知道你并没有如疯如狂地爱上我。宛露，爱情是一件很微妙的东西，我自己是否被爱，我心里有数。可是，宛露，即使你不爱我，我一样也要你，因为，有一天，你会爱我，超过那个孟樵！最起码，我会避免让你伤心！"

她闪动着睫毛，无言以答，却泪水盈眶。

"别哭！"他吻去她睫毛上的泪痕，哑声说，"我永远不会去追问你有关孟樵这一段，我相信，这已经是过去时了。

我只要告诉你，我明白你为什么会生病，为什么会痛苦，为什么会流泪，为什么变得这么脆弱和忧郁……宛露！我要治好你！但是，答应我一件事！"

她用询问的眼光望着他。

"多想想我，少想想孟樵！"

"哦！友岚！"她喊着，泪珠终于夺眶而出。她的手臂围了过来，圈住了他的脖子，把他的头拉向了自己，她主动地献上了她的嘴唇。他热烈地、深情地、辗转地吻了她，抬起头来的时候，他的眼眶湿润。

"嘻！"他故作欢快地用手指头轻触着她的鼻梁，"从此，开心起来好吗？为了我！如果你知道，只要你一皱眉，我会多么心痛，你就不忍心这么愁眉苦脸了。"

宛露笑了，虽然泪珠仍然在眼眶里闪烁，这笑却是发自内心深处的。重新搂紧了友岚的脖子，她在他耳边低低地、感激地说：

"友岚，你放心，我会做个好妻子！我会尽我的全心来做你的好妻子，友岚，我永不负你！"

友岚的嘴唇从她面颊上轻轻滑过去，再度落在她的唇上，他的手臂温柔而细腻地拥抱着她。好一会儿，他们就这样彼此拥抱着，彼此听着彼此的心跳，彼此听着阶前的雨声，彼此听着芭蕉的萧萧瑟瑟。直到楼下的门铃声惊动了他们，友岚放开了她，想站起身子，但是，宛露紧握住他的手，轻声说：

"别走！"

"我不走！"他坐在她的床沿上，静静地凝视着她。

　　楼下，似乎有一阵骚动，接着，兆培那粗鲁而不太友善的声音，就隐约地传了过来：

　　"她病了！她不能见客！都是你害她的，你还不离她远一点吗？"

　　宛露的心脏怦然一跳，握在友岚手中的那只手就不自禁地微微痉挛了一下，友岚和她交换了一个眼神，两人心中似乎都有些明白。友岚低问：

　　"要我打发掉他吗？"

　　宛露迟疑着，而楼下的声音骚动得更厉害了，中间夹杂着一个似曾相识的、女性的哭泣声。于是，宛露那绷紧的神经，就立即松懈了许多，而另一种难言的、矛盾的、怆恻之情，就涌进了心怀。来的人不是孟樵，而是那个"许伯母"！她一面侧耳倾听，一面用征询的眼光望着友岚，友岚深思地凝视着她，微微地摇了摇头。

　　"你还在发烧，你能不激动吗？"

　　她沉思片刻，段太太已经上楼来了，敲了敲门，段太太的头伸进门来：

　　"宛露，许伯母坚持要见你，你的意思呢？"

　　宛露凝视着段太太，她发现母亲的眼角溢着泪痕，而那眉峰，也是紧蹙着的。忽然间，她觉得自己必须面对这问题，解决这问题了。忽然间，她了解这并不仅仅是长辈间的争执，也是她不能逃避的切身问题。她想起那夜，她跪在段太太和段立森面前所说的话：

　　"你们是我唯一的父母，再也没有别人！"

是吗？为什么这位"许伯母"仍然牵动她心中的某根神经，使她隐隐作痛？她咬了咬牙，从床上坐起身子，靠在枕头和床背上，她下决心地说：

"妈，你让她进来，我要见她！"

段太太略一迟疑，就转身去了。一会儿，段太太已陪着那位"许伯母"走进门来，许伯母一看到半倚半躺在床上的宛露，就像发疯般扑了过来，不由分说地，她抱住了宛露的身子，哭泣着叫：

"宛露，你怎么了？你为什么生病？我给你请医生，我有钱了，我可以让你住最好的房子……"

宛露轻轻推开了"许伯母"，微皱着眉说：

"许伯母，你不要拉拉扯扯。友岚，麻烦你搬把椅子给许伯母，我要和她谈谈。"

友岚搬了把椅子放在床前，许伯母怯怯地看了宛露一眼，似乎有些怕她，悄悄地拭去了眼角的泪，她很温顺地、很无助地在椅子上坐了下来。带着一股被动的、哀切的神情，她瞅着宛露发怔。段太太看了她们一眼，就轻叹一声，很知趣地说：

"友岚，我们到楼下去坐坐，让她们谈谈吧！"

"不！妈妈！"宛露清脆地叫，"你不要走开，友岚，你也别走开！妈，爸爸呢？"

"在楼下和你哥哥下围棋。"

"我要爸爸和哥哥一起来，我们今天把话都谈清楚！"宛露坚定地说，"友岚！你去请爸爸和哥哥上来！"

"宛露，"段太太狐疑地说，"你要做什么？你很清醒吗？你没发烧吗？"

"我很好，妈。"宛露说，"我知道我自己在做什么，也知道这是必须做的。"

友岚下楼去了。宛露开始打量这位"许伯母"，这还是她第一次用心地、仔细地注视自己这位生身母亲。后者的脸上泪痕未干，脂粉都被泪水弄模糊了，可是，那对秀丽的眼睛，那挺直的鼻梁和她那虽已发胖却仍看得出昔日轮廓的脸庞，都向宛露提示了一个事实。年轻时候的她一定不难看，而且，自己的长相和她依稀相似。她不会很老，推断年龄，也不过四十岁，但她额前眼角已布满皱纹，连那浓厚的脂粉，都无法遮盖了。风尘味和风霜味，都明显地写在她的脸上。连她那身紧绷在身上的、红丝绒的洋装，都有股不伦不类的味道。宛露细细地望着她，模糊地衡量着自己与她之间的距离。她想起友岚的比喻，绮尔维丝！绮尔维丝并没有错呵，只怪她的命运是绮尔维丝！一时间，她对这位"母亲"生出一种强烈的、同情的、温柔的情绪。

段立森和兆培进来了，友岚跟在后面。兆培一进门，脸色就很难看，对着那位"许伯母"，他毫不留情地说：

"我们本来有个很幸福的家庭，你已经把它完全破坏了！难道你还不能放掉宛露吗？你该知道，你根本没有资格来骚扰我们的家庭！"

"哥哥！"宛露蹙着眉叫，"你少说几句吧！"

兆培不语了，在书桌前的椅子上一坐，他瞪着眼睛生闷气。段立森走了过来，他看起来仍然是心平气和的，只是眉梢眼底，带着抹难以察觉的隐忧。

"宛露，"他温和地问，"你是不是改变心意了？"

"没有，爸爸。"宛露清晰地说，望着面前的"许伯母"，"我只觉得，事情发生以后，我们从没有三方面在一块儿讨论过。今晚，许伯母既然来了，我想把话说清楚。"她正视着"许伯母"，"许伯母，你见过我的爸爸妈妈，二十一年前，你把我'送'给了他们，他们也按照你的要求，做了这件好事，把我养大了。记得你纸条上说的话吗？菩萨会保佑他们，如果这世界上真有菩萨，也实在该保佑我的爸爸妈妈，因为他们尽心尽力地爱了我这么多年，而且，我相信，他们以后还会继续地爱我。所以，许伯母，你虽然生了我，却永远只能做我的许伯母，不能做我的母亲！菩萨也不能允许，在二十一年以后的今天，你再来把我从爸爸妈妈手中抢走！所以，许伯母，如果你爱我，请让我平静，请让我过以前的日子！"她的声音非常温柔，"我会感激你！"

那"许伯母"从皮包里取出一条小手帕，开始呜呜地哭起来，一面哭，一面说：

"宛露，我爱你呀！"

"我知道。"宛露深沉地说，"以前，我总以为爱是一种给予，一种快乐，现在我才知道，爱也是一种负担，一种痛苦。哦，许伯母，今天我当着所有亲人的面，告诉你这件事，我同情你，我也爱你，但是，我只能认养育之恩，而不能认生育之恩。"

"哦，宛露！"许伯母哭着说，"你的意思是，你不愿意再见到我吗？"

"问题是，见面对我们都没有意义，只会徒增我们双方的尴尬。"宛露深思地说，"我本来想，我们可以保持来往，但是，现在，我不知道该如何面对你，你也不知道该如何面对我……"

"噢，宛露，我知道，我知道！"那许伯母急促地说，"我会给你一栋楼，很多珠宝，还有钱……"

"许伯母！"宛露打断了她，声音轻柔如水，眼光是同情而悲哀的，"当初你'送'掉了一个女儿，现在你无法再'买'回来呵！我们彼此之间，对爱的定义，已经差别太远了！"她疲倦地仰靠下去，头倚在枕头上，轻声地说，"假如你还爱我，帮我一个忙，别再来增加我爸爸妈妈的苦恼！我妈——"她轻柔地用手拉住段太太，"为了这件事，头发都白了。"

段太太顿时眼眶发热，她紧攥住女儿的手，一动也不动。那"许伯母"终于了解事情已无法挽回，站起身来，她哭着往后转，要冲出门去，宛露及时叫了一声：

"等一等，许伯母！"

许伯母回过身子来。

"你过来，我跟你讲一句话！"宛露伸出另一只手来，拉住许伯母，把她一直拉到身边，抬起头来，她凑着她的耳朵说，"再见！妈妈！"

她松了手。那"许伯母"用手蒙住脸，哭着往外奔去。

段太太基于一种母爱与女性的本能，忍不住也跟着她奔下楼去。到了大门口，那"许伯母"终于回过头来，紧紧地握住了段太太的手，她含着泪，由衷地说：

"我再也不会来要回她了。段太太，谢谢你把她带得这么好，现在，我也放心了。我不知道，她那么爱你们，她实在是个好孩子，是不是？"

"是的，"段太太也含满了泪，"她是最好的女儿，比我希望的还要好。"

那"许伯母"消失在雨雾里了。

当段家在"三面聚头"的同时，孟樵正一个人在房间内吞云吐雾。夜已经很深很深了，他下班也很久了，坐在一把藤椅里，他只亮着床头的一盏小灯，不停地抽着烟，听着廊下那淅淅沥沥的雨声。他的思想混乱而迷惘，自从一耳光打走了宛露之后，他就觉得自己大部分的意识和生命，都跟着宛露一起跑了。可是，这几日，他却不知道该怎么弥补这件事，母亲与宛露，在他的生命里，到底孰轻孰重？他从没想过，自己必须在两个女人的夹缝中挣扎。母亲！他下意识地抬头看看父母那张合照。宛露！他心底掠过一阵尖锐的痛楚，用手支住额，他听到自己内心深处，在发狂般地呼唤着：宛露！宛露！宛露！于是，他知道了，在一种犯罪般的感觉里，体会出宛露的比重，竟远超过那为他守寡二十几年的母亲！

他抽完一支烟，再燃上一支，满屋子的烟雾腾腾。他望着窗子，雨珠在窗玻璃上闪烁，街灯映着雨珠，发出点点苍黄的光芒。慢慢地，那街灯的光芒越来越弱，他不知道自己已经在室内枯坐了多久，但是，他知道，黎明是慢慢地来临了。他听到脚步声，然后，一个黑影遮在他的门前，他下意识地抬起头来，母亲的脸在黎明那微弱的曙光中以及室内那昏黄的灯光下，显得苍老而憔悴。他记得，母亲一向都是显得比实际年轻，而且永远神采奕奕，曾几何时，她竟是个憔悴的老太婆了？

"樵樵，"孟太太说，声音有些软弱而无力，"你又是整夜没睡吗？"

"唔。"他轻哼了一声，喷出一口浓浓的烟雾。

"你在做什么呢？"

"别管我！"他闷哼着。

孟太太扶着门框，她瘦瘦的身子嵌在门中，是个黑色的剪影，不知怎的，孟樵想起宛露骂母亲的那些话：你守寡又不是你儿子的责任！你是个心理变态的老巫婆！你发誓你二十几年来从没想过男人吗？你要独霸你的儿子……他猛地打了个寒战，紧紧地盯着母亲，他觉得她像个黑色的独裁者，她拦着那扇门，像拦着一扇他走往幸福的门！或者，穷此一生，母亲都会拦着那扇门，用她的爱织成一张网，把他紧紧地网住……

"樵樵！我们怎么了？"孟太太打断了他的思绪，她的声音悲哀而绝望，"你知道吗？这几天以来，你没有主动和我说过一句话！我知道你在想些什么，你在恨我！为了宛露，你在恨我！"

他凝视着母亲，一句话也没有说，这种沉默，等于是一种默认，孟太太深深地凝视着儿子，他们对视着，在这种对视的眼光里，两人都在衡量着对方的心理，终于，孟樵淡淡地开了口：

"我在想，宛露有一句话起码是对的，你守寡不是我的过失。这些年来，我一直想不通这点，总认为你为我牺牲，事实上，你是为了父亲去世而守寡，父亲去世不是我的过失。"

孟太太扶着门，整个人都靠在门框上，她呻吟着。

"樵樵，"她喃喃自语地，"我已经失去你了。我知道。宛露把许多残忍的观念给了你，而且深入到你脑海里去了……"

"告诉我！"孟樵注视着母亲，清晰而低沉地问，"宛露的话有没有几分真实性？有没有几分讲到你的内心深处去？你百般挑剔宛露，是不是出于女性嫉妒的本能，你不能容许我有女朋友？是不是？妈，是不是？"

"樵樵，"孟太太呻吟着摸索进来，跌坐在椅子里，她用手抱住了头，痛苦地挣扎着，"我只是爱你，我只是爱你。"

"妈！"他终于悲切地喊了出来，"你的爱会杀掉我！你知道吗？宛露对我来说比生命还重要，你难道不明白吗？妈，你爱我，我知道。可是，你的爱像张大蜘蛛网，快让我挣扎得断气了！"

他跳了起来，拿起一件外套，向室外冲去，天才只有一点蒙蒙亮，雨点仍然疏疏密密地洒着。孟太太惊愕而又胆怯地喊：

"你去哪儿？"

"去找宛露！"

"现在才早上五点钟！"孟太太无力地说。

"我不管！"孟樵跑到宛露家门口的时候，天还没有大亮。冬天的天亮得晚，雨点和云雾把天空遮得更暗。他一口气冲到了那大门口，他就呆住了。他要干什么？破门而入吗？按门铃通报吗？在凌晨五点钟？迎面一阵凉风，唤醒了他剩余的那点的理智，他站在那儿，冻得手脚发僵，然后，他在那门口来来回回地踱着步子，徘徊又徘徊，等待着天亮。最后，他靠在对面的围墙上，仰望着宛露的窗子。

时间不知道过去了多久，那窗子有了动静，窗帘拉开了，那雾气蒙蒙的窗子上，映出了宛露的影子，苗条的、纤细的背影，披着一头长发……他的心狂跳了起来，忘形地、不顾一切地，他用手圈在嘴上，大叫着：

"宛露！"

窗上的影子消失了，一切又没有了动静。

"宛露！宛露！宛露！"他放声狂叫，附近的人家，纷纷打开窗子来张望，只有宛露的窗子，仍然紧紧地阖着，那玻璃上的人影，也消失无踪。

他奔过去，开始疯狂地按门铃。

门开了，出来的是满面慈祥与温柔的段太太。

"孟樵，"她心平气和地说，"暂时别打扰她好吗？她病了，你知道吗？"

他一震。

"我要见她！"

"现在吗？"段太太温和地，"她不会见你，如果你用强，只会增加她对你的反感。我不知道你对她做了些什么，但是她听到你的声音就发抖了，她怕你。孟樵，忍耐一段时间吧，给她时间去恢复，否则你会越弄越糟！"

他的心脏绞痛了。

"忍耐多久？"他问。

"一个月？"

"我没有那么大的耐心！告诉她，我明天再来！"

第二天，他再来的时候，开门的变成了兆培。

"我妹妹吗？她住到朋友家去了！"

"我不信！"他吼着，想往屋里闯。

兆培拦住了门。

"要打架，还是要我报警？"他问，"世界上的追求者，没有看到像你这么恶劣的！"

他凝视着兆培，软化了。

"我一定要见她！"他低沉而渴切地说。

段立森从屋里走出来了。

"孟樵，"段立森诚恳而坦白，"她真的住到朋友家里去了，不骗你！如果你不信，可以进来看。"

他相信段立森，冷汗从背脊上冒了出来。

"段伯伯，请您告诉我她的地址。"

"不行，孟樵，"段立森温和而固执，"除非她愿意见你的时候。"

"难道她不上班？"

"她已经辞职了。"

“我每天都会来！”他说，掉头而去。

他确实每天都来，但是，不到一个月，他在段家门口看到了大大的“囍”字，宛露成了顾家的新妇。

13

深夜。

　　孟樵坐在钢琴前面，反反复复地弹着同一支曲子。孟太太缩在沙发的一角，隐在灯影之中，默默地倾听着。从孟樵三四岁起，她就教他弹钢琴，他对音乐的悟性虽高，但耐性不够，从十几岁起，孟樵的琴已经弹得不错，却不肯用功再进一步。自从当了记者，他的生活忙碌了，对于钢琴，就更是碰也不碰。可是，今夜，他却坐在钢琴前面，足足弹了四个小时了。弹来弹去，都是同一支曲子，徐志摩的《偶然》。

> 我是天空里的一片云，
>
> 偶尔投影在你的波心——
>
> 你不必讶异，
>
> 更无须欢喜——
>
> 在转瞬间消灭了踪影。

你我相逢在黑夜的海上，

你有你的，我有我的，方向，

你记得也好，

最好你忘掉，

在这交会时互放的光亮！

　　不知道是弹到第几百次了，这单调重复的曲子，把那寂冷的夜，似乎已敲成了一点一滴的碎片，就像屋檐上的雨滴一般，重复又重复地滴落。孟太太下意识地看看手表，已经凌晨三点了。难道这痴子就预备这样弹到天亮吗？难道他又准备整夜不睡吗？她注视着儿子的背影，却不敢对他说什么，从何时开始，她竟怕起孟樵来了。她自己的儿子，但是，她怕他！怕他的阴鸷，怕他的沉默，怕他那凌厉的眼神，也怕他那孤独的自我摧残。在这所有的"怕"里，她明白，发源却只有一个字：爱。她想起孟樵一个多月前对她说的话：

　　"妈，你的爱像一张大蜘蛛网，我都快在这网里挣扎得断气了。"

　　现在，在那重复的琴声里，她深深体会到他的挣扎。他不说话，不抬头，不吃，不喝，连烟都不抽，就这样弹着琴："我是天空里的一片云，偶尔投影在你的波心……"一遍又一遍，一遍又一遍，一遍又一遍……他已经弹得痴了狂了。

　　孟樵注视着手底那些白键和黑键。他熟练地让自己的手指一次又一次地滑过那些冰冷的琴键。与其说他有思想，不如说他只是机械化地弹着这支曲子，朦胧中，唯一的意识，是在一份绞痛的思绪里，回忆起第一天见到宛露时，她那喜悦的、俏皮的、天真的声音：

"我叫一片云！"

一片云！一片云！你已飘向何方？一片云！一片云！你始终高高在上！一片云！一片云！呵！我也曾拥有这片云，我也曾抱住这片云！最后，却仍然像徐志摩所说的："我走了……不带走一片云彩！"是的，他要被报社派到海外去，三个月！或者，在这三个月中，他会摔飞机死掉，那就名副其实地应验了徐志摩这句："我走了……不带走一片云彩！"

他的琴声遽然地急骤了起来，力量也加重了，如狂风疾雨般，那琴声猛烈地敲击着夜色，敲击着黎明。他狂猛地敲打着那些琴键，手指在一种半麻木的状态中运动。似乎他敲击的不是钢琴，而是他的命运，他越弹越重，越弹越猛，他一生弹的琴没有这一夜弹的多。然后，一个音弹错了，接连，好几个音都跟着错了，曲子已经走了调。"我是一片云，偶尔投影在你的波心……"连这样的曲子，都成不了完整的，他猛烈的一拳敲击在那琴键上，钢琴发出"嗡"的一声巨响，琴声停了，他砰然阖上琴盖，把额头抵在钢琴上面。

孟太太忍无可忍地震动了，孟樵最后对钢琴所做的那一下敲击，似乎完全敲在她的心脏上，她觉得自己整个的心都被敲碎了。她震动、惊慌、恐惧而痛楚之余，只看到孟樵那弓着的背脊，和那抵在钢琴上的后脑，那么浓黑的一头头发，像他去世的父亲。她的丈夫已经死掉了！她的儿子呢？

站起身来，她终于慢吞吞地、无声无息地走到他的身边。

她凝视着他，伸出手去，想抚摸他的头发，却又怯怯地收回手来。她不敢碰他！她竟然不敢碰他！吸了口气，她投降了，屈服了，彻彻底底地投降了。

"樵樵，"她的声音单薄而诚恳，"我明天就去段家！我亲自去看宛露，亲自去拜访她的父母，代你向她家求婚，如果时间赶得及，你还可以在去美国以前结婚。"

他仍然匍匐在那儿，动也不动。

"樵樵，你不相信我？"她轻声地，"天快亮了，我不用等明天，我今天就去。我会负责说服宛露，如果她还在生气，如果必要的话，我向她道歉都可以。"

孟樵终于慢慢地抬起头来了，他的脸色苍白得像白色的琴键，他的面颊已经凹进去了，他的眼睛里布满了红丝。但是，那眼光却仍然是阴鸷的、狂猛的、灼灼逼人的。他直视着母亲，脸上毫无表情。他慢吞吞地开了口，声音里也毫无感情。

"太晚了！"他麻木地、疲倦地、机械化地说，"她已经在三天前结婚了。"

站起身子，他头也不回地冲进了卧室，砰然一声关上了房门。

孟太太愣愣地站在那儿，好久好久，她无法移动也无法思想，然后，她觉得浑身软弱而无力，身不由己地，她在孟樵刚刚坐过的凳子上坐了下来，出于本能地，她打开了琴盖，轻轻地、机械化地，她弹了两三个音符，她发现自己在重复孟樵所弹的曲子。

眼泪终于慢慢地涌出了她的眼眶，滑落在琴键上。

一星期以后，孟樵奉派去海外了。

与此同时，宛露和友岚正流连在日月潭的湖光山色里，度着他们的"蜜月"。

日月潭虽然是台湾最有名的景区，宛露却还是第一次来。到了日月潭，他们住在涵碧楼，一住进那豪华的旅社，拉开窗帘，面对一窗的湖光山色，宛露就惊奇而眩惑了。

"哦，友岚，你不该花这么多钱，这种旅馆的价钱一定吓死人！"

"别担心钱，好吗？"友岚从她身后，抱住了她的腰，和她一块儿站在窗前，望着外面的湖与山，"我们就浪费这一次，你知道，人一生只有一次蜜月。哦……"他怔了怔，"我说错了。"

"怎么？"她也微微一怔，"怎么错了？"

"我们会有许许多多的蜜月！"他在她耳边低低地说，"我们要共同在这人生的路上走几十年，这几十年将有数不清的月份，每个月，都是我们的蜜月！等我们白发苍苍的时候，还要在一起度蜜月！"

她回过头来望着他，眼光清柔如水。

"说不定等到我年华老去，你就不再爱我了。"她微笑着说。

"等着瞧吧！"他凝视她，深沉地说，"时间总是一天一天过去的，现在觉得年老是好遥远好遥远的事，可是，总有一天，它也会来到眼前。到了那天，你别忘了我今天说的话，我们会度一辈子的蜜月。"他吻了吻她那小巧的鼻尖，"宛露，"他柔声说，看进她的眼睛深处去，"嫁给我，你会后悔吗？"

她定定地望着他，用手环抱住他的脖子，她用一吻代替了回答。可是，在这一吻中，有个影子却像闪电般从她脑海里飘过去，她不得不立刻转开了头，以逃避他敏锐的目光。

把一切行装安顿好之后，他们走出了旅社，太阳很好，和煦而温暖地照着大地。这正是杜鹃和玫瑰盛开的季节，教师会馆的花园里，一片姹紫嫣红，花团锦簇。他们没有开车，徒步走向湖边，那些游船立即兜了过来，开始招揽生意。游船有两种，一种是汽艇，一种是船娘用手桨摇的。友岚看了她一眼：

"坐哪一种船？"

"你说呢？"她有意要测验一下两人的心意。

"手摇的！"

她嫣然地笑了。

坐进了那种小小的、手摇的木船，船娘一撑篙，船离了岸，开始向湖中心荡去。友岚和宛露并肩坐着，他望望天，望望云，望望太阳，望望山，望望湖水，最后，仍然把眼光停驻在她身上。她还是新娘子，但她已放弃了那些绫罗绸缎和曳地长裙。她简单地穿着件粉红色衬衫和雪白的长裤，依然是她一贯的作风，简单而清爽。阳光闪耀在她的头发上，闪耀在她的面颊上，闪耀在她的瞳仁里。自从身世揭开之后，她身上总有一股挥之不去、摆脱不开的忧郁。现在，她身上这种忧郁总算收敛了。或者，她努力在振作，甚至伪装自己，总之，他一时之间，没有从她身上找到忧郁的影子……他的注视使她惊觉了，她回头看他，脸颊红红的。

"你不看风景，瞪着我干吗?"她半笑半嗔地。

"你比风景好看!"

"贫嘴!"她笑骂着。

"真的!"

"那我们来日月潭干吗?何不在家里待着，你只要瞪着我看就够了!"

"可是……"他用手抓抓头，一副傻样子，"那不行啊!"

"怎么不行呢?"

"你是比风景好看，可是……可是，风景比我好看，我可以只看你就够了，你不能只看我呀!"

她忍不住笑了。

他凝神地看着她，笑容收敛了，满足地轻叹了一声，他紧紧地握住她的手。

"知道吗?宛露?很久没有看到你笑得这么开朗，你应该常常笑，你不知道你的笑有多么可爱!"

她怔了怔，依稀仿佛，记忆里有个声音对她说过:

"我从没看过像你这么爱笑的女孩子!"

同一个声音也说过:

"你真爱笑，你这样一笑，我就想吻你!"

她不笑了，她再也笑不出了。不知怎的，一片淡淡的忧郁，浮上了她的眉梢眼底。她转过头去，避免面对友岚，低下头来，她用手去拨弄那湖水。忽然间，她愣了，呆呆地看着那湖水，动也不动。

"怎么了？"友岚不解地问，"湖水里有什么？"他也伸头看着，"有鱼吗？有水草吗？"

不是鱼，不是水草，湖里正清清楚楚地倒映着天上的云彩。她的心脏收紧了，痛楚了。

"嗨，宛露！"友岚诧异地叫着，"你到底在看什么？水里没有东西呀！"

宛露回过神来。

"是的，水里没有东西！"她用手一拨，那些云影全碎了，"我就是奇怪，水里为什么没有东西！"

友岚失笑了。

"谁也不能知道，你脑袋里在想些什么！"他说。

她暗暗一惊，悄眼看他，她不知道他是不是话中有话，她的脸上，已不由自主地发起烧来。

一个下午，他们环湖游了一周。去了光华岛，也和山地姑娘合拍了照片。去了玄武寺，走上了几百级石阶。游完了"月"潭，也没有放弃"日"潭。友岚不能免俗，也带着一架照相机，到处给她拍照。船到了日潭的一块草地的岸边上，她忽然想上岸走走，他们上了岸。一片原始的、青翠的草原，完全未经开发的，草深及膝。她不停地往里深入，友岚叫着说：

"别走远了，当心草里有蛇！"

她笑笑，任性地往里面走，然后，他们看到两栋山地人的小茅屋，茅屋前，有两只水牛，正在自顾自地吃草，一个山地孩子，晒得像个小黑炭一样，骑在一只牛的背上，拿着一片不知名的树叶，卷起来当笛子吹。看到他们，那孩子睁大了眼睛，好奇地张望着。

"哎！"宛露感叹了一声，"我真想永远住在这儿，盖两间小茅屋，养两只牛……"

"生个孩子！"友岚笑道。

她瞪了他一眼，接着说：

"在这儿，生活多单纯，多平静，永远与世无争，也永远没有烦恼，不必担心害怕，也没有自卑自尊……"

"宛露！"他柔声说，"难道回到台北，你就会担心害怕，就会面临自卑与自尊的问题吗？"

她怔了怔，那个人的影子又浮现在她面前，那个倔强的、自负的、狂暴的、热烈如火的孟樵！他会饶了她吗？他会放了她吗？他会甘心认命，不再纠缠她吗？她咬着嘴唇，默然不语。

他走过来，温柔地搂住了她的腰。

"我告诉你，"他低语，"你再也不要害怕，再也不要自卑，你是我的一切，我的快乐和我的幸福！我最大的一笔财富！宛露，我会保护我的财富，再也没有人能把你从我怀中抢走……"

她忽然打了个寒战，为了掩饰这个突发的战栗，她故作轻快地从他手臂中跃开，叫着说：

"友岚，我想跟那只水牛合拍一张照片！"

"好呀，"友岚兴致高昂地举起照相机来，对准镜头，"这张照片一定可以参加摄影展，标题叫作'大笨牛与野丫头'！喂，靠近一点，你离那只牛那么远，怎么可能照进去呢？再靠近一点，还要靠近一点……"

宛露一步一步地移近那只水牛，友岚不住口地叫她靠近，她更靠近了一些。那只牛开始打鼻子里呼呼喘气，两只眼睛瞪着宛露，宛露心中有些发毛了，她叫着说：

"喂！你快照呀！这只牛好像有点牛脾气……"

她的话还没有说完，那只牛忽然一声长鸣，就对着宛露直冲而来，活像斗牛场中的斗牛。宛露"哇呀"地大叫了一声，拔腿就跑。那山地孩子开始哈哈大笑了。宛露跌跌撞撞地跑到友岚身边，那只牛早已站住了，她还是跑，脚下有根藤绊了一下，她站立不稳，就直摔了下去。友岚慌忙伸手把她一把抱住，她正好摔进他的怀中，躺在他的臂弯里。

友岚低头看着她那瞪得圆圆的眼睛，和那张惊魂未定的脸，他看了好半晌，然后，他俯下头去，紧紧地吻住了她。

她挣扎开去，脸红了。

"你不怕那山地孩子看见啊？"

"那又怎样呢？"他问，"他也会长大，有一天，他也会做同样的事情！"

他把她用力拉进怀里。

"别从我怀里逃开！"他低柔地说，"永远不要！"

她扬起睫毛，凝视着他那充满了智慧、了解与深情款款的眼睛，她愣住了。

晚上，他们并躺在床上，拉开了窗帘，他们望着穹苍里的星光和那一弯月亮。很久很久，两人都没有说话，然后，友岚静静地问：

"告诉我，你在想什么？"

"我在想，"她坦白地说，"你白天说的话。"

"我白天说了很多话，是哪一句呢？"

"别从你怀里逃开！"她定了定，"你以为，我还会从你怀里逃开吗？"

"你会吗？"他反问。

她转头看着他，忽然间，有两点泪光在她眼里闪烁。

"嫁你的时候，我就在心中发誓，我要做你最忠实的、最长久的、最温柔的妻子。像我妈对我爸爸，像你妈对你爸爸。"

他翻过身来，一把抱住了她。

"对不起，"他在她耳边喃喃低语，"我为白天那句话道歉。你知道，有时我也会很笨，像今天那只牛，你明明好意去亲近它，它却竖起角来想撞你。我就是那只笨牛。"

她含笑抚摸他的下巴。

"不，你不是笨牛。"她轻声说，"你聪明而多情，我从小就认识你，现在才知道，你是多么精明的。"她把头钻进他的怀抱中，"瞧，我在你怀里，我并不想逃开！"

他温存地抱紧了她。在日月潭住了四天，他们都有些厌了，附近的名山古刹、荒村野地，以及别人不去的山冈小径，他们都跑遍了。于是，他们计划开车继续南下，去横贯公路或垦丁，就在研讨的时候，却来了一对意外之客，带给了他们一阵疯狂的喜悦，那是兆培和玢玢！

"嗨！我们也来凑热闹了！"兆培叫着说，"希望不惹新郎新娘的讨厌！"

"太好了！"宛露拉着玢玢，高兴地笑着，"我们已经开始发闷了！旅行就要人多才有意思，我看，"她口无遮拦地，"你们也提前度蜜月吧！反正再过两个月也结婚了！早度蜜月晚度蜜月还不是一样！"

"宛露！少开玩笑！"玢玢的脸涨得绯红。

兆培看看宛露，再看看友岚。

"喂，友岚！"他说，"你很有一套，我这个刁钻古怪的妹妹啊，好像又恢复她的本来面貌了！"

"走！"友岚兴高采烈地拍着兆培的肩膀，"我请你们吃中饭！"

"要喝酒！"兆培说。

"随你喝多少！"

"不行，"玢玢插嘴了，"我们是来玩的，不是来喝酒的！"

"嫂嫂有意见，友岚，你省点钱吧！"宛露说。

"才嫁过去，已经帮夫家打算盘了！"兆培说。

玢玢又红了脸，友岚却得意地笑着。

饭后，他们一起去逛了附近一家孔雀园，那儿养了许许多多的孔雀，五颜六色，那光亮的羽毛，迎着阳光闪烁，那绚丽的色彩，长在一只鸟的身上，简直是令人难以置信的。在他们观赏孔雀的时候，兆培抓住机会，把宛露拉到一边，低低地说：

"我特地来告诉你一件事，孟樵已经去海外了。"

“哦？”宛露一震，询问地看着兆培。

“是报社派他出去的，我想，这一去总要个一年半载，等他回来，世事早变了，他在外面跑一趟，心情也会改变。时间和空间是治疗伤口最好的东西，他即使有过伤口，到时也会治愈了，何况，很可能根本没伤口！”

宛露呆呆地发起怔来，下意识地抬头看看天空，刚好有一片云飘过，很高，很远。她模糊地想起自己说过的一句话：

“云是虚无缥缈的，你无法去抓住一片云的！”

一阵难言的苦涩，陡然向她包围了过来。

“哎呀！”友岚忽然大声叫着，“宛露，那只公孔雀一直对着你开屏，它准以为你是只母孔雀了！”

玢玢和兆培都哄然大笑起来，宛露也勉强地跟着笑了。

14

好几个月的时间，无声无息地过去了。

在顾家，顾太太总是把家务一手揽住，积年的习惯，她已经做得非常熟悉了，虽然有了儿媳妇，虽然宛露和她很亲热，也极想分担她的工作，她却不能适应把部分家务交给宛露。再加上，宛露对家务事也从未做惯，切菜会割破手，洗碗会砸盘子，熨衣服会把衣服烧焦，炒菜会把整锅油烧起来，连用电锅烧饭，她都会忘记插插头。于是，试了两三天之后，顾太太就把宛露搂在怀里，笑嘻嘻地说：

"你的帮忙啊，是越帮越忙，我看，还是让我来做吧！你放心，妈不会因为你不惯于做家事，就不宠你的。像你们这代的女孩子，从小就只有精神应付课本，中文、英文、数学全要懂，而真正的生活，反而不会应付了。"

顾太太这几句话，倒说得很深入。真的，这一代的女孩子，个个受教育，从三四岁进幼稚园，然后是小学，初中，高中，大学……填鸭式的教育已让她们喘不过气来，哪里还有剩余的精力去学习煮饭烧菜持家之道？

在家既然无所事事，友岚每天又要上班，宛露的生活也相当无聊。起先，她总往娘家跑，还是习惯性地缠住母亲。后来，兆培结婚了，玢玢进了门，婆媳之间相处甚欢。于是，宛露那莫名其妙的自卑感就又抬头了，她想，自己既非段太太亲生，也不该去和玢玢争宠。在一种微妙的、自己也无法解释的心情下，她回娘家的次数就逐渐减少了。

六月，天气已经变得好热好热，这天下午，宛露忽然跑到工地去找友岚。友岚正爬在鹰架上检查钢筋，宛露用手遮着额，挡住阳光，抬头去看那高踞在十楼上的友岚。从下往上看，友岚的身子只是个小黑点，她几乎辨不清那些身影里哪一个是友岚，只能凭友岚上班前所穿的那身浅咖啡色衬衫和米色长裤，来依稀辨认。这样一仰望，她才知道以前有些想法错了，她总以为友岚的工作很轻松，待遇又好。工程师嘛，画画设计图，做做案头工作就可以了，谁知大太阳下，仍然要爬高下低，怪不得越晒越黑，看样子，高薪也有高薪的原因，世界上没有不劳而获的事情！也真亏友岚，他在家里从不谈工作，也从不抱怨，更不诉苦。说真的，友岚实在是个脚踏实地的青年，也实在是个不可多得的好丈夫。

友岚从电梯上吊下来了，一身的灰，一脸的尘土，戴着顶滑稽兮兮的工作帽。看到宛露，他意外而惊喜，脱掉了帽子，他跑去洗了手脸，又笑嘻嘻地跑了回来。

"宛露，怎么想起到这儿来！"

"在家无聊，出来逛一逛，而且，有件事要跟你商量，就跑来了。"她仰头再看看那鹰架，"你待在上面干什么？"

"每次排钢筋的时候，都要上去检查，那个架子叫鹰架，老鹰的鹰。"他解释着，一面拉住她的手，兴高采烈地说，"走，我带你上去看看，从上面看下来，人像蚂蚁，车子像火柴盒。"

"噢！"她退后了一步，"我不去，我有惧高症。"

"胡说！"友岚说，"从没听说，你有什么惧高症！小时候，爬在大树的横枝上晃呀晃的，就不肯下来，把我和兆培急得要死，现在又有了惧高症了。"

宛露笑了笑。

"嫁人真不能嫁个青梅竹马！"她说。

"怎么呢？"

"他把你穿背带裤的事都记得牢牢的！"她再看了一眼那鹰架，"为什么要叫鹰架？"

"我也不知道，大概因为它很高，只有老鹰才飞得上去吧！"他凝视她，"你真不想上去看看吗？"

她摇摇头。

"小孩的时候，都喜欢爬高，"她深思地说，"长大了，就觉得踩在平地上最踏实。"

"你是什么意思？突然间讲话像个哲学家似的。"

"我的意思是说我很平凡，我不要在高的地方，因为怕摔下来，我只适合做一个平平凡凡的女人。可是，最近，我很怀疑，我似乎连'平凡'两个字都做不到。"

他看看她，挽住她，他们走往工地一角的阴暗处，那儿堆着一大堆的钢板和建材，他就拉着她在那堆建材上坐了下来。

"我知道，"他深沉而了解地，"你最近并不开心，你很寂寞，家事既做不来，和妈妈也没有什么可深谈的。宛露，很抱歉我太忙了，没有很多的时间陪你。可是，我是时时刻刻都在注意你的，我了解你的寂寞。"

宛露注视着他，眼里闪动着光华。

"友岚，你是个好丈夫！"她低叹地说，"所以，我要和你商量一件事。"

"说吧！"

"你瞧，在家里，每人都有事做，爸爸上班，虽然当公务员，待遇不高，但他总是孜孜不倦地做了这么多年。妈妈管家，又用不着我插手，事无巨细，她一手包揽了。你呢？不用说了，你是全家最忙的。剩下了我，好像只在家里吃闲饭。"

"你想做点什么，"友岚深思地望着她，"我们该有个孩子，那么，你就不会有空虚感了。"

她怔了怔，心里涌上一股凉意。

"不不！"她急促地说，"我们现在不要孩子，我太年轻，不适合当母亲，过几年再说。"

他紧盯住她，伸手握牢了她的手。

"为什么不要孩子？"他问，"太年轻？不是原因！宛露，在你内心深处，对生命有恐惧感吗？"

她想了想，坦诚地望着他。

"是的。"

"为什么？"

"因为我是个弃儿，"她低语，"哥哥也是。记得你告诉过我的事吗？儿童救济院里有无数不受欢迎的孩子，我不想制造一条生命……"

"宛露！"他蹙着眉，打断了她，"你的举例有没有一些不恰当？我们的孩子会是不受欢迎的吗？我们相爱，我们的父母也希望有个孙儿，如果我们有了孩子，他会降生在一个最幸福的家庭里，你怎能拿他和救济院里的孩子来比呢？宛露，"他正视她，一本正经地，"不要因为你自己是个弃儿，就否决了整个生命。这样，你会走火入魔，你一定要克制住你这种不很正常的心理。"

她恳求地望着他。

"我知道这心理可能不正常，"她说，"但是，我真的怕有孩子，我自己也不知道为什么。我看过各种母亲……"她脑子里不期而然地浮起孟樵母亲的那张脸，以及自己生母的那张脸，她愣了愣，继续说，"我怕太爱孩子，也会害了孩子，不爱孩子，也会害了孩子。我怕有一天，我的儿子会对我说：妈妈，我希望你没有生我！哦，友岚！"她用手捧住下巴，悲哀地说，"请你原谅我，目前，我真的不想要孩子。或者，过两年，我比较成熟了，我会想要，那时候再生也不迟，是不是？好在我们都很年轻。"她凝视他，"给我时间，来克服我的恐惧感，好吗？"

他迎视着她的目光，好一会儿，他没说话，然后，他的手臂绕了过来，温存地围住了她的肩。

"好的，宛露。你放心，我不会勉强你去生孩子的。"他拂了拂她肩上的头发，"你要和我商量的事，总不会是要不要孩子的问题吧！"

她笑了笑，用一根木棍，在泥土上乱画着。

"我是和你商量，我想去工作。"

"哦？到哪儿去工作呢？"

"我妈早上打电话告诉我，我原来工作的那家杂志社，打电话问过我，他们编辑部缺人缺得厉害，希望我回去。我想，我在家里闲着也是闲着，又读了几年的编辑采访，不如回去上班，好歹也赚点钱回来贴补家用，你说是不是？"

他望着她，笑了。

"贴补家用的话，不过说说而已，家里并不缺你那个钱，但是，有份工作占据你的时间，无论如何都是好的，何况你学了这么多年，也该派上用场。事实上，你是不必和我商量的，你完全可以自己做决定。"

"总要和你商量的，"她笑着，"你是丈夫呀！一家之主嘛！"

"一家之主？"他也笑着，"你才是我的'主'呢！"

于是，这事就说定了。七月初，宛露又回到杂志社上班。因为杂志社离家不远，宛露很喜欢走路上下班，比挤公共汽车容易得多。有时，友岚也开车送她去上班，但是，友岚在工地的上下班时间很不稳定，尤其下班，总比一般机关要晚得多，所以，他从不接她回家。逐渐地，她也习惯于踏着落日，缓步回家。这段没有工作的压力，慢慢地踱着步子，浴在黄昏的光芒中，看着彩霞满天的时光，成为她一天中最享受与悠闲的时光，因为，在这段时光里，所有的时间都是她一个人的，她可以利用这段时间，想很多的事情。

想些什么呢？想金急雨树，又已花开花落，想天边浮云，几度云来云往！想今年与去年，人事沧桑，多少变幻！想那个在街边踢球的女孩，如今已去向何方？想人生如梦，往事如烟，过去的已无法追回，未来的将如何抓住……在这许多许多的思想里，总好像有根无形的细线，从脑子通往心脏，时时刻刻在那儿轻轻抽动。每当那细线一抽，她就会突然心痛起来，痛得不能再痛！摇摇头，她知道自己不该再心痛了，但是，她摇不掉那种痛楚。甩甩头，她也甩不掉那种痛楚。于是，在这份黄昏的漫步里，她几乎是病态地沉溺于这种痛楚中了。只有在这种痛楚中，她才知道那个隐藏着的"自我"，还是活着的，还是有生命的。

这样，有一天，她仍然在黄昏中慢慢地踱着步子，神情是若有所思的，步子是漫不经心的，整个人都像沉浸在一个古老的、遥远的世界里。忽然间，一阵摩托车的声音从后面传来，她丝毫也没有被惊动，当她沉溺在这种虚无的世界中时，真实的世界就距离她十分遥远。可是，那辆摩托车突然蹿上了人行道，拦在她的面前，一张属于那古老世界中的面孔，陡地出现在她面前。那浓眉，那大眼，那桀骜不驯的神态！她一惊，本能地站住了。

"你好？顾太太！"他说，声音中充满了一种挑衅的、恼怒的、阴鸷的、狂暴的痛楚，"近来好吗？你的青梅竹马为什么治不好你的忧郁症？顾家的食物营养不良吗？你为什么这样消瘦？你真找到了你的幸福吗？为什么每个黄昏，你都像个梦游病患者？"

她呆了，愣了，傻了。她的神智，有好一会儿，就游移在那古老而遥远的世界里，抓不回来。而那根看不见的细线，猛然从她心脏上抽过去，她在一阵尖锐的痛楚中，忽然觉得头晕目眩而额汗涔涔了。也就是在这阵抽搐里，她醒了，从那个虚无的境界里回过神来。睁大了眼睛，她一瞬也不瞬地望着眼前的人，不敢眨眼睛，生怕眼睛一眨，幻象消灭，一切又将归于虚无。

"孟樵，"她喃喃地念着，"你怎么会在这里？我以为……你……你……"她语音模糊而精神恍惚，"你在什么外太空的星球里。"

"我回来快一个月了。"他说，盯着她，"我跟踪了你一个月，研究了你一个月，和自己挣扎了一个月，我不知道是该放过你还是不放过你！现在，我决定了。"他凝视她，语气低沉而带着命令性，"坐到我车上来！"

她一凛，醒了，真的醒了。

"孟樵，"她说，凄苦而苍凉地，"你要干什么？"

"坐到我车上来！"他的语气更加低沉而固执，"许多话想和你谈，请你上来！"

她瞪着他，又迷糊了，又进入了那个虚无的世界。这是来自外太空的呼唤，你无法去抵制一个外太空的力量。那力量太强了，那不是"人"的力量可以反抗的。她上了车，完全顺从地，像是被催眠了一般。

"抱牢我的腰！"孟樵说，"我不想摔了你！"

她抱住了他的腰，牢牢地抱住。那男性的、粗犷的身子紧贴着她，她不自觉地，完全不由自主地把面颊依偎在那宽阔的背脊上。车子冲了出去，那震动的力量使她一跳，而内心深处，那朦胧的意识中，就忽然掠过了一阵近乎疯狂的喜悦。孟樵，孟樵，孟樵，难道这竟是孟樵！她更紧地揽住他，那疯狂的喜悦消失了，取而代之的，却是一种锥心的痛楚。孟樵，孟樵，孟樵，难道这竟是孟樵！

车子停在雅叙门口，他下了车，她也机械化地跟着他下了车。雅叙，雅叙，又是一个古老世界里的遗迹！像庞贝古城，该是从地底挖掘出来的。

"我带你来这儿，"孟樵说，"因为这是我们第一次约会的地方！"

她不语，被动地跟他走进了雅叙。

他们的老位子还空着，出于本能，他们走过去，坐在那幽暗的角落里。墙上，依然有着火炬，桌上，依然有着煤油灯。叫了两杯咖啡，他们就默默地对视着。孟樵燃起了一支烟，深深地吐着烟雾，深深地呼吸，深深地凝视着她。她被动地靠在沙发里，苍白、消瘦、神思不属，像个大理石的塑像。那乌黑的眼珠，迷迷蒙蒙的，恍恍惚惚的。他凝视着她，一直凝视着，凝视着，凝视着……直到一支烟都抽完了，熄灭了烟蒂，他的眼神被烟雾弄得朦朦胧胧。可是，透过那层烟雾，朦胧的底层，仍然有两小簇像火焰般的光芒，在那儿不安地、危险地、阴郁地跳着。

"宛露！"他终于开了口，声音远比她预料的要温柔得多，温柔得几乎是卑屈的。这种卑屈，比刚刚他命令她上车时的倔强更令她心慌而意乱。"我知道，以我今天的处境，我根本没有资格再来约你谈话，请你原谅我刚刚的强硬，也原谅我的——情不自已！"

他那最后的四个字，那从内心深处迸出来的四个字，一下子把她拉回到现实里来了。她张大了眼睛，怔怔地看着孟樵，所有的"真实"，像闪电般在她脑海里闪了一下。于是，礼教、道德、传统……也跟着那闪电的光芒在她心中闪过。她慌乱地、挣扎地说了一句：

"我不该跟你到这儿来，"她的声音软弱而无力，"家里会找我，他们还在等我吃晚饭。"

"不要慌！"他的眼光里带着股镇定的力量，"我只说几句话，说完了，我就放你回家！"他往后靠，手上颠来倒去地玩弄着一个打火机，他脸上的表情，几乎是平静的。但是，当他再点燃一支烟的时候，他手中的火焰，却泄露秘密般地颤动着。他放下了打火机，抬起眼睛来望着她。

"你知不知道，在你结婚以前，我曾经天天去你家找你，都被你哥哥挡在门外？"

她逃避地把眼光转开。

"现在来谈我婚前的事，是不是太晚了？"

"是的，太晚了！"他说，固执地，"我只是想了解，你到底是知道还是不知道？"

"不太知道。"她坦白地，声音更软弱了，"那时，我住在
玢玢家，我想——我并不愿知道。"

"很好，"他点点头，咬了咬嘴唇，"你并不愿知道！不
愿知道一个男人，也可以抛弃所有的自尊，只求挽回自己所
犯的错误！不愿知道，为了那一个耳光，我付出了多大的代
价！你不愿知道，那么，让我来慢慢告诉你……"

"我一定要听吗？"她惊悸地看了他一眼。

"是的，你一定要听！"他坚定地说，坚定中带着痛楚，
他的眼光紧紧地盯着她，"自从那个晚上，你从我家中一怒而
去，我的世界就完全被打碎了。我从没料到，对母亲的爱和
对你的爱会变成冲突的两种力量。可是，当你一冲出我家，
我就知道了一件事实，我的自尊与骄傲，甚至对母亲的崇拜
与爱，都抵不过一个你！我曾经设法挽回，千方百计地要挽
回，可是，你嫁了！"他的手支在桌上，手指插在头发中，另
一只手上，那烟蒂闪烁着幽微的火光，"你用一件最残忍的事
实，毁去我所有的希望！至今，我不知道你嫁他，是因为爱
他，还是为了报复我？总之，你嫁了！你永远不可能了解，这
对我造成了怎样的伤害！自你婚后，我就没有和我母亲说过
一句话！对我母亲，我怎么说呢？我并不是完全恨她，我也
可怜她，可怜她对我的爱，可怜她用这份爱来毁掉我的幸福！
不管怎样，我没有话可以跟她说了。"

她悄然地抬眼看他，灯光在她的瞳仁中闪动。

"我走的时候，"他继续说，"我对母亲说了一声再见，我
想，我这一生不会再回来了。我没有勇气，再回来面对母亲

或是婚后的你！在外面，我工作，我采访，我写稿，我忙碌，我也堕落！我去过各种声色场所，吃喝嫖赌，无所不为！可是，日复一日，我忘不掉你！多少次我醉着哭着，把我身边的女人，喊成你的名字！一个月、两个月、三个月……我请求报社，延长我的海外居留时间，我不敢回来，我知道，如果我回来，我很可能做出我自己也想象不出的、狂野的事情！我会不顾一切礼教、道德、传统的观念，再来找你！我怕我自己，怕得不敢回来！但是，每夜每夜，我想你，发疯一样地想你！想你爱笑的时刻，也想你爱哭的时刻，想你欢乐时的疯劲，也想你悲愤时的狂野，想你对我的伤害，也想我对你的伤害……最后，这疯狂的想念战胜了一切的意志，我又回来了。终于回来了。"

她望着他，倾听着，泪水慢慢涌进她的眼眶，盛满在眼眶里，她那浸在水雾里的眼珠，亮晶晶的像两颗寒星。

"我回来了，我母亲像是捡回了一件失去的珍宝，她用各种方式来博得我的欢心，从她所教的女中里，带回一个又一个漂亮的女孩子。而我，买了摩托车，每天奔波着，只是打听你的消息。你上班下班，我跟踪你，我也见过你的丈夫。"他咬咬牙，"嫉妒得几乎发狂！然后，我发现你每天黄昏的漫游，我必须用最大的意志力，克制自己不来找你，可是，到今天……"他的声音低弱了下去，"我失败了！你从杂志社出来，眼光朦胧如梦。你那么瘦小，那么孤独，那么哀伤……你不知道，你脸上的表情，似乎总在哀悼着什么。于是，我自问着：你快乐吗？你幸福吗？为什么你身上没有快乐与幸福的痕迹？所以，我冲上来了！"他深深地望着她，喷出一口烟雾，他低哑地问，"我现在必须问你一句，你快乐吗？你幸福吗？"

她在他那强烈的告白下撼动了，又在他那灼灼逼人的目光下慌乱了。紧张中，她仍然想武装自己：

"我应该很快乐，也应该很幸福……"

"我不跟你谈应该还是不应该，我只问你到底快乐还是不快乐？"他强而有力地问，紧盯着她。

"我快乐不快乐，或是幸福不幸福，与你还有什么关系呢？"她挣扎地说，"那都是我的事了！"

"有关系！"他伸过手来，一把握住了她的手，紧紧地捏住了她，"我需要知道，我还有没有机会，来争取我所失去的幸福！"

"你没有了。"她狠下心说，泪珠在睫毛上颤动，"你早就没有了！"

"是吗？"他更紧地握牢她的手，似乎想要捏碎她，他的眼光深深地，火焰般烧灼地盯着她，"是吗？这是你的由衷之言吗？甚至不考虑几分钟？你知不知道……"他重重地吸着气，"我现在没有自尊，没有骄傲，没有倔强和自负，我什么都没有了！我在求你……"他的眼眶潮湿，声音里带着难以压抑的激情与震颤，"我知道我已无权求你回到我身边，我在做困兽之斗！我只求你说出你心里的话——我真的没有机会了？一点机会都没有了？真的吗？真的吗？"

她那睫毛上的泪珠，再也停留不住，就沿着面颊滚落了下去。她试着抽回自己的手，但他紧握着她不放。她挣扎着说：

"孟樵，你弄痛了我！"

他松开了手，她立即抽回去。于是，倏然间，他发现她的手指在流血，他不自禁地惊呼了一声：

"我弄伤了你，给我看！"

他再去抓她的手。

"不要，没什么！"她想掩饰，但他已一把抓牢了她。于是，他发现，她手指上戴着一个结婚钻戒，当他握紧她的时候，并没有注意这戒指，只是激动地握牢了她。而现在，这钻石的棱角深嵌进另外两只手指的肌肉里，破了，血正慢慢地沁了出来。他看着，眉头骤然紧蹙起来，他心痛而懊恼地低嚷：

"我又弄伤了你，我总是伤害你！"

她注视了一下那手指，抬起睫毛来，她眼里泪光莹然。深吸了口气，她终于脱口而出：

"弄伤我的，是那个结婚戒指！"

15

已经过了午夜十二点。

友岚坐在客厅的沙发里，一口一口地喷着香烟，很长一段时间，他没有开口说过一句话了。顾太太坐在立地台灯下面，正用钩针钩着件毛线披风——宛露的披风。她的手熟练地工作着，一面不时抬头看看壁上的挂钟，再悄眼看看友岚，那钟嘀嗒嘀嗒地响着，声音单调地、细碎地，带着种压迫的力量，催促着夜色的流逝。

终于，当顾太太再抬眼看钟时，友岚忍不住说：

"妈！你去睡吧！我在这儿等她！"

顾太太看了看友岚。

"友岚，你断定不会出事吗？怎么连个电话也不打回来呢？从来没发生过这种事，她每天都按时下班的……"

"我等到一点钟！"友岚简短地说，"她再不回来我就去报警！"他熄灭了烟蒂，声音里充满了不安，眼角眉梢掩饰不住焦灼与忧虑的痕迹。

"再打个电话问问段家吧！"

"不用问了，别弄得段家也跟着紧张，很可能什么事都没有，很可能她跟同事出去玩了，也很可能……"

门外，有摩托车的声音，停下，又驶走了。友岚侧耳倾听，顾太太也停止了手工。有钥匙开大门的声音，接着，是轻悄的脚步声，穿过了院子，在客厅外略一停留，友岚伸头张望着。门开了，宛露迟疑地、缓慢地、不安地走了进来，站在屋子中间。灯光下，她的眼光闪烁而迷蒙，脸色阴晴不定，神态是紧张的、暧昧的。而且，浑身上下都有种难以觉察的失魂落魄相。

"噢，总算回来了！"顾太太叫了起来，略带责备地看着宛露，"你是怎么了？友岚急得要报警呢！你到什么地方去了？我们打了几百个电话找你……"

"对不起。"宛露喃喃地说着，眼神更加迷乱了，"我……我碰到了一个老同学……"

"碰到老同学也不能不打电话回家呀！"顾太太说，"你该想得到家里会着急，我们还以为你下班出了车祸呢！害友岚打了好多电话到各派出所去查问有没有车祸，又开了车沿着你下班的路去找……"

宛露对友岚投过来默默的一瞥，就垂下头去，低低地又说了一句：

"对不起！"

友岚熄灭了烟蒂，站起身来，慢慢地走向宛露，他的眼光在宛露脸上深沉地绕了一圈，就息事宁人地对母亲蹙了蹙眉，微笑地说：

"好了！妈！她平安回来就好了！你去睡吧，宛露的脾气就是这样的，永远只顾眼前，不顾以后。从小到大，也不知道失踪过多少次了。"他用胳臂轻轻地绕住宛露的肩，低声说，"不过，此风不可长，以后再也不许失踪了。"

顾太太收拾起毛线团，深深地看了他们一眼。点了点头，她往屋里走去。

"好吧！你们也早些睡吧！都是要上班的人，弄到三更半夜才睡也不好，白天怎么有精神工作呢！尤其是友岚，工作可不轻松！"

听出顾太太语气中的不满，宛露的头垂得更低了。友岚目送母亲的影子消失，他再注视了宛露一眼，就伸手关掉了客厅里的灯，把宛露拉进了卧室。房门才关上，友岚就用背靠在门上，默默地凝视着她，一语不发地、研判地、等待地、忍耐地望着她。

宛露抬头迎视着他的眼光，摸索着，她走到床边坐下。她的脸色好白好白，眼睛睁得好大好大，那眼睛里没有秘密，盛满了某种令人心悸的激情，坦白而真诚地看着他。她的嘴唇轻轻地翕动着，低语了一句：

"他来找我了！"

他走近她的身边，也在床沿上坐下，他注视着她。好长的一段时间，他什么话都不说，只是注视着她。这长久而专注的注视使她心慌意乱了，她的睫毛闪了闪，头就不由自主地低了下去。他用手托起了她的下巴，不容许她逃避，他捕捉着她的眼光。

"你和他一直谈到现在？"他问。

"是的。"

"谈些什么？"

她哀恳般地看了他一眼。

"谈——"她的声音低得像耳语，"一些过去的事。一些很久以前的事。"

他拂开她额前的一绺短发，定定地望着她。

"我不能阻止你和朋友谈过去的事，对不对？"他深沉地说，"不过，有这样一个晚上，你们不论有多少'过去'，都已经该谈完了。以后，不要再和他去谈过去！因为，你应该跟我一起去开创未来，是不是？"

她的眉头轻轻地蹙了起来，眼底浮起了一层迷茫与困惑之色。在他那稳定的语气下，她顿时心乱如麻。在内心深处，有个声音在向她呐喊着：不行！不行！不行！你应该有勇气面对真实呵！你在雅叙，已经给了孟樵希望，现在，你竟然又要向友岚投降吗？张开嘴来，她讷讷地、口齿不清地说：

"友岚，我……我想，我……我应该告诉你，我……我觉得……"她说不下去了。

他坚定地望着她。

"你觉得什么？"他温和地问，伸手握住了她的双手，"你觉得冷吗？你的手像冰一样。别怕冷，我会让你不冷。你觉得心神不安吗？你满脸都是苦恼，像个迷了路的孩子。不要心神不安，我会让你安定下来！你觉得矛盾和烦躁吗？不要！都不要！"他把她拉进了怀里，用胳膊温柔却坚定地拥住了她。他的声音柔柔的、低低的，却具有一股强大的、不容抗拒的力量，在她耳边清清楚楚地说："听我说，宛露！我或者不是个十全十美的人，我或者也不是个十全十美的丈夫。但是，我真心要给你一个安全而温暖的怀抱，要让你远离灾难和烦恼，不管我做到了还是没有做到，你应该了解我这片心和诚意。宛露，难道我的怀抱还不够安全吗？还不够温暖吗？"

她费力地和眼泪挣扎，她眼前全蒙上了雾气。

"不，不是你的问题！"她凄苦而无助地说，"是我！我不好，我不是个好女孩！"

"胡说！"他轻叱着。推开她的身子，他再一次搜视着她的眼睛。"在很多年很多年以前，"他温柔而从容地说，"你大概只有五岁，是个又顽皮又淘气的小女孩。有一天，我和兆培还有许许多多大男孩子，一起到碧潭那边的深山里去玩，你吵着闹着要跟我们一起去，兆培没有办法，只好带着你。结果，我们在山里玩得很疯很野，都忘掉了你，等到要回家的时候，才发现你不见了。天快要黑了，我们漫山遍野地分头找你，叫你的名字，后来，我在一个放打谷机的草寮里发现了你，你满脸的眼泪，缩在那草堆中，又脏又乱又害怕。我抱起你来，你用手紧紧搂住我的脖子，把头埋在我肩膀中说：友岚，你不要再让我迷路！"

她凝视着他，微微地扬着眉毛。

"有这样一回事吗？"她问，"为什么我记不得了？"

"是真记不得了，还是不想去记呢？"他深沉地问，诚挚地望着她，"再想想看，有没有这么一回事？"

她想着。童年！童年是许许多多缤纷的色彩堆积起来的万花筒，每一个变幻的图案里似乎都有友岚的影子。她深抽了一口气。

"是的，"她承认地说，"有这么一回事，这事与今晚有什么关系呢？"

"今晚你一进门的时候，我就知道了。你又在迷路了。"他点了点头，哑声说，"宛露，我不会再让你迷路了！"他用手轻抚她的面颊，"可是，你要和我合作，唯一不迷路的办法，是不要去乱跑！宛露，答应我，不再乱跑！那么，你会发现，我的怀抱仍然是很安全而温暖的！"

她不自觉地用牙齿咬紧了嘴唇，困惑地望着他。好半天，她才一面轻轻地摇着头，一面喃喃地说：

"友岚，你使我自惭形秽！"

"别这么说，"他用手捧住她的头，稳定了她，"如果我不能把你保护得好好的，是我的失败！如果我再让你迷路，是我更大的失败！但是，宛露，"他紧盯着她，"你答应我，不再乱跑，好吗？你答应吗？"

哦！答应吗？答应吗？宛露的脑子里乱成了一团，而在这堆乱麻般的思绪和近乎疲惫的神志中，她看到的是友岚那稳重的脸，听到的是他稳重的声音：

"别从我怀里溜走！宛露。"他的头俯近了她，"你还是我的，对不对？"他轻轻地拥住她，轻轻地贴住她的唇。她一凛，本能地往后一缩，就倒在床上了。他低头凝视她，眼底有一抹受伤的神色。"真这么严重吗？"他问，"我是有毒的吗？宛露？"

哦！不！她闭上了眼睛。友岚，我不要伤害你！我不要！我不要！我绝不要！于是，她听到自己的声音，在那儿软弱地、无力地、几乎是违心地说着：

"没有！友岚，你让我别迷路吧！"

"那么，你答应我不乱跑了？"

"是的！"泪水沿着她的眼角滚落。她觉得心已经碎了。再见！孟樵！永别了！孟樵！原谅我，孟樵！你就当我死了，孟樵！

"是的，友岚，"她闭着眼睛，不断地、机械地呢喃，"我答应你，答应你，答应你！"

他低下头，吻去她眼角的泪痕。

"从明天起，我开车送你去上班，再开车接你下班！"他平静地说，"我要保护我的珍宝。"

她不说话，咬紧牙关，闭紧眼睛，心里在疯狂地痛楚着，在割裂般地痛楚着。友岚一瞬也不瞬地看着她，研究着她，打量着她，终于命令地说：

"睁开眼睛来！宛露！"

她被动地睁开眼睛，眼底是一片迷茫与凄楚。他长叹了一声，怜惜地把她拥进了怀里。

"我会信任你！宛露，信任你今晚所答应我的！但是，你也信任我吧，我会给你温暖，给你安全，也给你幸福！我保证！"

于是，从这天起，生活改变了一个方式。友岚每天按时开车把她送到杂志社门口，眼看她走进杂志社的大门，他才开车离去。黄昏，他再开了车到杂志社门口来等，直等到她下班，再把她接回去。她一任友岚接接送送，心里有种听天由命的感觉。就这样吧！永别了，孟樵！她在那锥心的痛楚中，不止在心中喊过一百次，一千次，一万次……永别了！孟樵！天下有情而不能相聚的人绝不止我们这一对！人生就是如此的！她在那种"认命"似的情绪里，逐渐去体会出人生许许多多的"无可奈何"！

在下定决心以后，她给孟樵写了一封简短的信。

孟樵：

我曾经怪过你，恨过你，现在，我不再怪你也不再恨你了，请你也原谅我吧！原谅我给了你希望，又再让你失望。命运似乎始终在捉弄我们，我屈服了，我累了，我承认自己只是个任性而懦弱的孩子，我无力和命运挑战，以前，我战败过，现在，我又失败了！

我不想再为自己解释什么，任何解释都可能造成对你更重的伤害。我只有一句话可说：人，除了爱情以外，还有道义、责任与亲情。后者加起来的力量，绝不输于前者。所以，我选择了后者。原谅我吧！孟樵！因为，我已经原谅你了！

　　别再来找我，孟樵！永别了，孟樵！我到底只是一片云，转瞬间就飘得无踪无迹！

　　祝你

　　别再遇到另一片云

宛露

　　信寄出去的第三天上午，不过才十点多钟，宛露正在勉强集中自己的脑力，去删改一篇准备垫版的稿子。忽然间，电话铃响了，杂志社的电话几乎是从早到晚不断的，因而，她并没有注意。可是，接电话的王小姐叫了她：

　　"段宛露，电话！"

　　她拿起桌上的按键分机。

　　"喂？"她问，"哪一位？"

　　"宛露！"对方只称呼了一声，就长长地叹出一口气来。宛露的心脏立即跳到了喉咙口，她瞪着那电话机，整个人在刹那间变成了化石。他那声沉长的叹息撕裂了她的心，更进一步地在撕碎她的决心与意志。"宛露！"他再叫，"你好狠！你真以为可以和我永别了吗？"他低低地对着听筒说，"我还没有死！"

　　"孟樵，"她压低声音，战栗着说，"你——你怎么说这种话？我现在在上班，你别打扰我吧，好不好？你理智一点行不行？"

　　"理智！"他的声音虽然低沉，却带着股压抑不住的、强烈的痛楚，"如果我理智，我在海外就不回来，如果我理智，我就早已经忘记了你，如果我理智，我现在就不打电话！如果我理智，我就不会白天发疯一样在街上乱转，夜里又发疯一样坐在那儿等天亮……不，宛露，我没有理智，我现在要见你！"

"哦，不行，孟樵……"她用手支住额，心慌意乱，而且整个人都像被火燃烧起来一般，她喘息着，觉得自己简直透不过气来了。她慌乱地对那听筒哀求般地说："请你不要再逼我吧，请你让我过一种安静的生活吧……"

"你这样说吗？"他打断了她，声音里带着种近乎绝望的悲切，"如果我不打扰你，你就真能过安静的生活吗？你真能把我从你心里连根拔除吗？那么——"他吸了口气，"我抱歉我打扰了你！再见！宛露！"

"喂喂！"她急切地低喊，觉得自己所有的意志都崩溃了，"你在什么地方？"

"见我吗？"他渴切地、压抑地低问。

"见你！"她冲口而出，毫无思索的余地。

听筒那边忽然失去了声音，她大急，在这一瞬间，想见他的欲望超过了一切，她急急地问：

"喂喂，孟樵，你在吗？"

"是的。"他闷声说，然后，她听到他在笑，短促的、带着鼻音的笑声，自嘲的、带着泪音的笑声。他吸了吸鼻子，声音阻塞地说："我有点傻气，我以为我听错了。宛露——"他重重地喘了口气，"你请假，我十分钟以后在杂志社门口等你！我马上过来！"

挂断了电话，她呆坐着，有一两分钟都无法移动。自己
是怎么了？发昏了吗？为什么答应见他？可是，霎时间，这
些自责的情绪就都飞走了，消失了，要见到他的那种狂喜冲
进了她的胸怀，把所有的理智都赶到了九霄云外。她像个充
满了氢气的气球，正轻飘飘地飘到云端去。她不再挣扎，不
再犹豫，不再考虑，不再矛盾……所有的意识，都化为一股
强烈的渴求：她要见他！

十分钟后，他们在杂志社门口见面了。

他扶着摩托车，站在那儿，头发蓬乱，面颊瘦削，形容
憔悴而枯槁。可是，那炯炯发光的眼睛，却炽烈如火炬，带
着股烧灼般的热力，定定地望着她。她呆站在那儿，在这对
眼光下，似乎已被烧成灰烬。多久没见面了？一星期？两星
期？为什么她竟有恍如隔世般的感觉？她喉头哽着，想说话，
却吐不出一点声音。他伸手轻轻地碰了碰她的头发，那么轻，
好像她是玻璃做的，稍一用力，她就会碎掉。他扬了扬眉毛，
努力想说话，最后，却只吐出简单的几个字来：

"先上车来，好吗？"

她上了车，用手环抱住了他的腰，当她的手在他腰间环
绕过去的那一刹那间，他不自主地一震，发出了一声几乎难
以觉察的叹息，好像他等待这一刻已经等了千年万载似的。
她闭上眼睛，整颗心都为之震撼了。

车子发动了，她固执地闭着眼睛，不看，也不问他将带
她到哪里去。只因为她心里深深明白，跟着他去，只有两个

地方，不是"天堂"，就是"地狱"。或者，是这两个地方的综合体。车子加快了速度，她感到车子在上坡，迂回而蜿蜒地往上走，迎面吹来的风逐渐带着深深的凉意，空气里有着泥土和青草的气息。她心里有些明白了，"旧时往日，我欲重寻"，这是《格拉齐耶拉》里的句子。只是，人生有多少旧时往日是能重寻回来的？

车子走了很久很久，一路上，他和她一样沉默。然后，风越来越冷了，空气越来越清新了，她的心情也越来越混乱了……终于，车子停了，他伸手把她抱下车来。

她睁开了眼睛，四面张望着。是的，森林公园别来无恙！松树依然高耸入云，松针依然遍布满地，空气里依然飘送着淡淡的松香，微风依然在树梢低吟，天际依然飘着白云，四周依然杳无人影……她抬头看看天，再低头看看地，就被动地靠在一棵松树上，怔怔地、无言地、深深地望着他。

他站在那儿，不动，不说话，眼睛也怔怔地望着她。他们彼此对视着，在彼此的眼睛里搜寻着对方灵魂深处的东西，时间停顿在那儿，空气僵在那儿。然后，不知道过了多久，他终于一下子握住了她的手臂，低沉地、哑声地、悲切地说：

"宛露！你要杀了我了！"

她凝视着他，在他如此沉痛的语气下震撼了，而在这震撼的同时，一种无可奈何的情绪严重地袭击了她，使她激动、悲愤，而且忍无可忍了。她瞪大眼睛，眼里逐渐燃烧起愤怒的火焰，她咬咬牙，用不信任的、恼怒的、完全不平稳的声音，低嚷着说：

"孟樵，你怎么敢说这句话？是我要杀了你，还是你要杀了我？你知道你是什么？你是我命里的克星！既然你这样要我，当初为什么要让你母亲一次又一次地侮辱我？你不是站在你母亲一边吗？你不是唯母命是从吗？你不是容忍不了我对你母亲的顶撞吗？那么，你还缠住我做什么？你弄弄清楚，是你逼得我嫁了，而现在，你还不能让我平静吗？你说我杀了你了，是我杀你还是你杀我？孟樵！"她把头转向一边，凄苦而无助地喊，"我恨你！我恨你！我恨你！我恨你！"

他用手扶住她的下巴，把她的脸转向了自己，他的眼神变得昏乱而狂热，像是发了热病一样，充满了烧灼般的痛苦和激情，他语无伦次地说：

"你骂我吧！你恨我吧！我早就知道，千言万语，也无法表达我现在的心情！你恨我，我更恨我自己！恨我没有事先保护你，恨我当初在你和母亲起冲突的时候，竟不能代你设身处地去想！但是，宛露，你公平一点，也代我想想，当初那个下雨的晚上，在你和母亲之间，我能怎么办？你知道你也是个利嘴利牙的女孩吗？你知道你的措辞有多么尖锐刺激吗？"

"我知道，"她点点头，"所以，我放掉你，让你去当你母亲的专利品！我多大方，是不是？"

"哦，宛露！"他苦恼地喊，"我们别再算旧账了吧！是我错了！我承认我错了！而你，你给我的信里说，你已经原谅我了！"

"你不要断章取义，原谅你，是请你别再纠缠我！"

"我不是纠缠你，我要娶你！"

"娶我？"她幽幽地问。

"是的，娶你！"

她用手遮住脸，然后，她放下手来，忽然间笑了起来。

"真要娶我？"

"是的！"他肯定地说。

她笑得更厉害了。

"很好，"她边笑边说，"我们到非洲去。"

"到非洲去干吗？"

"我听说非洲有个部落，一个女人可以有好几个丈夫！"她大笑，"我们结伴去非洲吧！"

"不要笑。"他低吼。

她仍然在笑。

"你以前说过，我一笑你就想吻我！"

他的眼眶潮湿了。

"你还记得？"

她不笑了，她的眼眶也潮湿了。

"记得你说过的每句话！'不许踢石子，当心给我踢出一个情敌来！'你知道吗？你根本没有情敌，我才有情敌，我的情敌是你的母亲，而且，这一仗，我输了。"

"不，她输了。"他拂开她被风吹乱了的长发，望着她的眼睛，"宛露，她不再是以前的她了，她不再专制，不再骄傲了。她最大的愿望，就是我能找回失去的幸福！宛露，她也很可怜，她的出发点并不坏，她只是爱我！她不知道，爱也会杀人的！"

"你知道这点吗？"她问。

"我知道。"他深深点头，"我们现在就在彼此残杀！很可能，我们两个都活不成！"

她凝视他，慢慢地摇头。

"孟樵，饶了我吧！"

他也慢慢地摇头。

"不是我不饶你，是——请你救救我吧！"

"我怎样救你呢？"

"你知道的。"他轻声而有力地吐了出来，"别再犹豫，别再矛盾，你应该和他离婚，嫁给我！"

她的眼睛哀愁地瞪视着他，然后，她开始猛烈地摇头，拼命地摇头，喊着说：

"不行！我已经答应了他，我不再迷路了！"

"可是，你选择他，就是一条错误的路呀！"他也喊着，用双手抓住她的手腕，激动地摇撼着她，"你不是现在才迷路，你是老早就迷路了，你这个婚姻，根本就走在歧路上！我现在才是要引你走入正途！"

"你怎么知道我的婚姻是走在歧路上？"

"你给我的信里起码承认了一项事实，你选择了亲情，抛弃了爱情！"他紧盯着她，恨恨地说，"你的婚姻居然决定在亲情上，而不是爱情上，你是个荒谬的傻瓜！"

"可能对我而言，"她迷乱而矛盾地挣扎着，"亲情比爱情更重要！"

“胡闹！”他怒声说。

“怎么胡闹？”她挑衅似的扬起了眉毛，“你凭哪一点说我的婚姻是绝对的错误？”

他用手托起了她的下巴，让她的眼睛对着阳光。那闪亮的光线使她睁不开眼睛。他定定地注视着她的脸。

“因为你的眼睛不会撒谎，你的表情也不会撒谎，它们都告诉了我这项事实！宛露，你发誓吧！你发誓说你的婚姻是绝无错误的，我就再也不来纠缠你！你发誓吧！”

“好！”她横了横心，“我发誓，我……”她的声音僵住了。

“说呀！”他命令地，紧盯着她，“说呀！”

“我的婚姻……”

他迅速地用嘴唇堵住了她的唇，她几乎听到他心脏那擂鼓般的跳动声。他沙哑地说：

“别说违心的话，宛露！你敢说谎，我不会饶你！”

“哦，孟樵！”她终于崩溃地喊了出来，“我发誓我错了！从头到尾就错了！”她哭着把头埋进了他的怀里，听着他那狂猛而剧烈的心跳声响，“我怎么办？我们怎么办？”

16

段太太有好些日子没有看到宛露了。

主要是她自己的家务永远做不完，她又体贴，不忍心让玢玢多操劳，再加上，最近玢玢有了身孕，她这一乐非同小可，嘘寒问暖，呵护备至，就怕玢玢年轻不小心，弄伤了孩子。因为，在她心里面，"孕育"是一件近乎"伟大"的事情。她倒并没有忽略宛露，隔上一两天，她总会和宛露或顾太太通个电话，知道宛露也在上班，小两口虽然忙，却还恩恩爱爱，她也算一块石头落了地。宛露，这个自幼就让她又操心、又疼、又爱、又不知如何是好的孩子，总算有了个美满的归宿，对一个母亲而言，还能有什么更大的安慰呢？

可是，这天午后，不过才五点多钟，她听到门外有一阵摩托车响，接着，是门铃的声音，她赶下楼去，玢玢已经喜悦地叫开了：

"宛露，嫁到婆家你就忘了娘家了！你自己算算，有多久没回来了。"

"别说我！"宛露依然利嘴利舌，"你嫁到婆家之后还有娘家吗？怎么我每次回来都看到你在呢！难道段家是你的娘家不成？"

"哎呀！"玢玢说不过宛露，就有些撒赖，"怪不得人人说，小姑子最难缠，咱们家的小姑子啊……"

"怎样呢？"宛露手里拿着一个长带子的皮包，对着玢玢就预备砸下去，段太太在楼梯上，吓得尖叫起来：

"宛露！别和她动蛮劲呀！"

宛露慌忙收回了皮包，对玢玢从上到下地打量着，不住地点头，自言自语地说：

"原来如此！原来如此！原来如此！"

玢玢涨红了脸，一溜烟地跑掉了。

段太太走下楼来，还来不及对宛露说什么，宛露就对她做了个暂缓的手势，走到茶几边，她先就打起电话来了。段太太听到她在电话里说：

"友岚，我现在在妈妈家，你不必去接我了……是的，我提前下班了……没有为什么，我今天一直头痛……我想妈妈了呀！我不回家吃晚饭……你要来？我难得回一次娘家，你就让我们母女说一点悄悄话吧！……我为什么要讲你坏话呢？……"她沉默了好一会儿，只是倾听，她脸上有种奇异的、古怪的表情，"好了，友岚，你不要疑神疑鬼吧！这样，我让妈跟你讲话！"她把听筒递给段太太，"妈，你告诉他，晚上十点钟再来接我！"

哎，小夫妻，离开片刻都舍不得！段太太心里想着，却又直觉地感到并不那么简单。宛露脸上的神色不对，那闪烁着火焰的眼光也不对，那被太阳晒得发红的面颊，那被风吹得乱七八糟的长发，那种浑身上下、潜伏着的一份狂野……像她童年时代，爱上了动物园中的一只小山羊，硬要带回家去，告诉她不可以，她就把整个身子挂在那栏杆上，死抓住铁栏杆不放。现在，她身上又有了那种要小山羊的任性劲儿。段太太摇摇头，接过了听筒，她和和气气地说：

"友岚，你就让宛露在家多待一会儿，你十点多钟来接她好了。你放心，我会把你太太保护得好好的。"

挂断了电话，宛露问：

"爸爸呢？"

"今晚有个棋局，在陈伯伯家里，下棋吃饭，不到十二点，他不可能回来。"

"哥哥还没下班？"

"嗯，也快了。"

"妈！"宛露一手抓住段太太，她的手心在发热，段太太下意识地看看宛露，这孩子有没有发烧，"我们上楼去，我有话和你谈！"

果然，她的预料没有错！这孩子确实有心事。她狐疑地望着宛露，跟着宛露上了楼。这还是当初宛露的房间，自从她结婚后，就改成了客房，大致还维持原来的样子，以备宛露回娘家的时候住。房门一关上，宛露就直直地瞪视着母亲，卸下了所有的伪装，她眼神狂野而语气固执：

"妈，我想离婚！"

段太太一下子就跌坐在床沿上，她凝视着女儿，不信任地、喃喃地说：

"你有没有生病？我觉得你的手心好烫，过来让我摸摸，是不是在发烧？"

"妈！"宛露定定地看着母亲，一个字一个字地说，"我很清醒，我知道我在说什么，我想离婚！"

段太太怔了好几分钟。

"友岚做错了什么？"她问。

"妈，你太了解我了，你明知道，不是友岚做错了什么，他不可能做错什么。"

"那么，是孟樵回来了？"段太太无力地问，凝视着宛露，"你别冲动，你也别糊涂，宛露，你应该已经很成熟了，不会再做傻事了。你想想清楚，当初你是在两个人之中选择了友岚，并不是在没有选择下盲目嫁给友岚的。现在，你怎能轻易提'离婚'两个字？婚姻不是儿戏，不是你们当初扮家家酒呀！"

"妈！"宛露一下子扑了过来，和母亲并坐在床边上，她用手紧握住母亲，她的手心更热了，她的面颊发红，而眼睛里闪耀着一种令人心惊肉跳的疯狂的光芒，"我不是在讲理，在这件事情里面，我根本没有理，我知道，我只是没办法！"

"宛露！你别吓唬我！"

"妈妈，真的，我已经没办法，你从头到尾就知道，我始终爱的是孟樵！"

段太太深深地吸了口气。"那么，你为什么要嫁友岚呢？结婚还不到一年，友岚对你又情深义重，你怎么开得了口？"

"我当初嫁友岚，大部分是为了和孟樵赌气……"

"宛露，婚姻是能赌气的吗？"段太太沉痛地说，"你也未免太任性了！婚姻是件终身大事，是件必须重视的事，而且，友岚论人品、才华，以及待你的一片心，实在是无话可说，你有什么理由提离婚！"

"妈！"宛露坦白而无助地说，"我当初也想做个好妻子，也想和友岚厮守一生，我发誓，走上结婚礼坛那一刹那，我是很虔诚的。可是，孟樵一出现，什么都瓦解了，所有的决心、理智，统统瓦解了。我只知道一件事，我要和孟樵在一起！"

"你……"段太太又急又气又无可奈何，"你别傻！宛露。嫁给孟樵，说不定你也会后悔，离了婚，你也会后悔！我绝不相信，孟樵做丈夫会比友岚好！"

"这不是好坏问题呀！"宛露苦恼地用手捧住了头，"他是强盗，我爱他；他是土匪，我爱他；他是杀人犯，我也爱他！"

"既然你这么爱他，"段太太忍无可忍地喊，"当初你何必在乎他母亲对你的看法！你就应该抱定宗旨，他母亲看你是猪，你也嫁他；他母亲看你是狗，你也嫁他；他母亲看你是毒蛇，你也嫁他！那么，不是就没问题了？你又要自尊，又要爱情！当这两样抵触的时候，你选择了自尊，现在你有了自尊，你又要回头去要爱情！宛露，宛露，"段太太发自内心地说，"人不能太贪心哪！世间哪有十全十美的事情！如今你既然已经嫁入顾家，顾家又待你如此恩深义重，你就该认了。"

宛露怔住了，坐在那儿，呆呆地出起神来，半天，她才低低地说了句：

"妈，你对了。"

"总算想清楚了，是不是？"段太太如释重负地说，"你脑筋总算转过来了，对不对？你瞧，这样才是正理，你不是小孩子了，也早就该懂事了。"

"不是的，我说你对了，不是指这个。"宛露轻声说，眼睛直直地瞪视着前面的墙壁。

"指什么？"段太太不解地问。

"如果我真的爱他，我就该抱定宗旨，他母亲看我是猪，我嫁他！他母亲看我是狗，我嫁他！他母亲看我是毒蛇，我也嫁他！"宛露喃喃地念着，转头望着段太太，"妈妈呀！"她叫，"你早为什么不告诉我这一点？"

段太太傻了，半晌，才站起身子来说：

"你疯了！宛露，你别走火入魔吧！"她转身预备向门外走去。

宛露一伸手抓住了她的衣襟。她回过头来，宛露那大眜的眼睛，哀哀无告地望着她：

"妈，你去对友岚说！"

"我对友岚说什么？"

"你告诉他，我要跟他离婚！"

段太太站住了，仔细地盯着宛露。

"宛露，"她慢吞吞地说，"你为什么自己开不了口？因为友岚没有过失？还是因为你不忍心？或者——"她拉长了声音，"你自己也迷迷糊糊，你根本弄不清楚你在爱谁，你并不是真心想离开友岚……"

"我是真心！"她急促地、苦恼地、挣扎地说，"我要和孟樵在一起！"

"你敢说你对友岚就一点爱情都没有吗？"

"我……"宛露怔住了，在这一刹那间，她眼前浮起的全是友岚的影子，童年时代的友岚，扮家家酒时的友岚，刚回来的友岚，在松林中的"初吻"，噢！她的初吻原是友岚的，连她的"人"，也是友岚的——那蜜月的旅行，水牛边的摄影。"别从我怀里逃开，永远不要！"噢，友岚！她能说她一点也不爱他吗？她能说吗？颓然地，她把头垂了下去，用手死命拉扯着胸前的一绺长发。"哦！妈妈！你不了解，友岚只能使我像一湖止水，平静而无波，孟樵却可以使我像火焰般燃烧……"

"宛露，你醒醒吧！"段太太喊，"婚姻本身就是平静无波的东西，当止水并没有什么不好！要知道，湖水越深，才越平静，感情也是如此。你看我和你爸爸，生活了几十年，何曾兴风作浪过？至于你提到燃烧……"段太太紧盯着女儿，沉重地说，"平静无波的止水不易枯竭，燃烧的结果是化为灰烬。宛露，宁可变成止水，千万不要化为灰烬！"

"妈妈！"宛露喊着，任性地用手拉扯着被单，"我不行！

我不行！止水会淹死我，我宁可燃烧！妈妈，你要帮我，你要站在我的阵线上，你要去对友岚说……"

"我不会！也不可能！"段太太斩钉截铁地说，"我不可能帮你胡闹！你可以没有理性，我不能跟着你没有理性，这事绝对不行！"

"妈，你疼我，你宠我，你就帮我……"

"我恐怕，你是被我宠坏了。"段太太伤感而激动地说，"你任性得像一匹难以拘束的野马！你再这样胡闹下去，我真怀疑你的血液里……"段太太猛地住了口，被自己的话所惊吓，她张着嘴，呆住了。

宛露的脸色，在一刹那间变得雪白。

"妈，你说什么？"她哑声问。

"没有，没有。"段太太回过神来，慌忙想混以他语，"我只是要你冷静一点，千万别闹出事情来。"

宛露的头低低地垂了下去，她的声音轻得像耳语，喃喃地、受伤地、卑屈地、自言自语地说：

"我知道了。你的意思是说，我血液里有着不安分的因素，我本身就是个不负责任而造成的生命！妈，连你都这么说了，连你都这么说了，我再也不可能在这世界上找到一个能了解我，或者同情我的人了。"

"哦！宛露！"段太太的脸色也变了，她站在女儿面前，本能地把宛露揽在怀里，急急地说，"你别这么说吧！宛露，你知道我是多疼你的！我的意思并不是那样，你不要因为有心病，就曲解每一句话……"

"我没有曲解。"宛露抬起头来，悲哀地望着母亲，"我知道你疼我，但我毕竟不是你亲生的！我没有遗传到你的安静与贤淑，我的血液里，充满了疯狂和野性，我知道，妈，我生来就不是个好孩子！"

"胡说！"段太太的喉咙哑了，"你怎么可以说这种话呢？不要把你自身的矛盾，归咎于你的血液……"

"妈！你怎知道这不是原因之一？为什么你一生都那么安静平和？为什么我就充满了狂风暴雨？我一定生来就有问题，我一定……"

"宛露！"段太太的声音里带着祈求，"你别这样说吧！许多人生命里都有狂风暴雨，这和出身有什么关系？是妈不好，妈说错了。"

"没说错。"宛露固执地，"你只是无意间吐露了真实面，我一直不愿面对的真实。"

楼下有一阵喧嚷声，接着兆培的声音就大叫着传上楼来：

"妈！我下班了！你别尽和宛露关在屋里说悄悄话。宛露！你还不滚下楼来，吃饭了！尝尝你嫂子的手艺如何！快快快！我都要饿死了。"

段太太很快地拂了拂宛露的头发，柔声说：

"好了，我们改天再谈吧。总之，目前，你先把自己情绪稳定下来，如何？"

宛露摇摇头，叹了口气。她不愿再多说什么，忽然间，她就觉得有那么一面看不见的墙，竖在她和母亲之间。她默默地站起身来，跟着母亲走下楼。兆培还是老样子，嘻嘻哈哈，满不在乎的，他注视了宛露一下，就和往日一样，在她臀部敲了一记，叫着说：

"你这丫头，怎么越来越瘦？脸色也不对！我看看，"他盯了她一会儿，恍然大悟地，"哦，我知道了，你一定害了和玢玢一样的病！"

"玢玢一样的病！"宛露一时转不过来，"玢玢在生病吗？"

正在摆碗筷的玢玢羞红了脸，抬起头来笑着说：

"你听他胡扯！"

宛露一下子明白过来了，她瞪了兆培一眼：

"你以为全天下的人，都像你们一样，急于当父母吗？"

兆培深深地凝视着她，不笑了，他走过去，用手轻轻地捏了捏宛露的下巴，低沉地说：

"我记得，你总爱把自己比成一片云，你知道吗，云虽然又飘逸，又自由，却也是一片虚无缥缈、毫不实际的东西。你不能一辈子做一片云，该从天空里降下来了。宛露，生一个孩子，可以帮助你长大。"

她也深深地凝视兆培。

"哥哥，你真认为一条新的生命会高兴他自己的降生吗？你从不怀疑他可能不愿意来吗？"

"我不怀疑！"兆培肯定地说，"我的孩子是因为我爱他，我要他，我才让他来的，他会在父母的手臂中长大。而我自己也需要他！"

"需要他干吗？"

"让我做一个负责任的父亲！"

宛露惊愕地看着兆培。

"哥哥，为什么我和你们两个人的看法不一样？"

"学学我，宛露，"兆培说，"那么，你就会快乐了！你也不会这么苍白了！你会是一个实实在在的人，而不是一片飘荡无依的云了。"

"喂喂！"玢玢柔声喊着，"你们兄妹两个在干吗呀？一定要等菜凉了才吃吗？"

大家都坐到餐桌边去了，宛露惊奇地看着餐桌，一桌子的菜，蒸的、炒的、煨的、炖的全有。再看玢玢，清清爽爽地把头发束在脑后，露出整张淡施脂粉、白白净净的脸庞，围着一条粉红格子的围裙，她利落地给每人盛好饭，又利落地用小刀和叉子把蹄髈切开……她是个多么安静老练而满足的小妇人啊！为什么自己不能像她一样呢？宛露朦胧地想着，开始心不在焉起来。段太太坐在玢玢身边，看了看餐桌，就不由自主地用手绕着玢玢的肩，宠爱地拍了拍她，怜惜地说：

"玢玢也真能干，这么一会儿，就做出这么多菜！其实，随便炒两个菜就得了，累坏身子，可不行呢！"

"哪会这么娇嫩呢！"玢玢笑着说，"宛露难得回家吃顿饭，总该让小姑子满意，是不是？"

"妈！"兆培含着一口饭说，"你别尽宠她，做两个菜有什么了不起，何况，她是存心要在宛露面前露一两手，表示她还有点用……"

"你——"玢玢笑瞪着兆培，用筷子在他手背上敲了一记，"坏透了！"

"我坏透了，你干什么嫁给我？"兆培问。

"妈，"玢玢转向了段太太，"蹄膀会不会太咸了？"

"你别顾左右而言他！"兆培笑着，"又去跟妈撒娇讨好，谁都知道你的蹄膀烧得好！"

"兆培！"段太太边笑边说，"不许欺侮玢玢！"

"我欺侮她？"兆培挑着眉毛，"有妈给她撑腰，我还敢欺侮她？"

宛露冷眼看着这一切，忽然发现这是一个好幸福好美满的家庭，而自己，却不属于这里了。一层模糊的、朦胧的、迷茫的、孤独的感觉，朝她四面八方地包围了过来。一时间，她觉得神思恍惚而精神不属。虽然坐在桌边，她却感到自己不在这间房间里，不在这些人群里，她望着那些菜所蒸发的热气，觉得自己也像那热气一样，轻飘飘地往上升，往上升，往上升……穿过了屋顶，升上了天空，凝聚成一片孤独的云。然后，这云就悠悠晃晃地、虚虚渺渺地在天空中游移着。"我是一片云，风来吹我衣，茫茫天涯里，飘然何所依？"她想着自己写过的句子，为什么？直到如今，自己仍然是片无所归依的云？每人都有每人的归宿，每人都有每人的幸福，自己是怎么了？为什么与众不同，要是一片云？

饭后，大家都坐在客厅里，电视机开着，正演着连续剧。宛露沉默地坐在沙发里，眼睛瞪着电视，心里却仍然迷惘地想着许多事情。段太太也若有所思，她是被宛露的一篇话所震慑住了，模糊地感到有一层隐忧，正罩在女儿的身上，而这烦恼，却不是她的力量所能解除的。兆培和玢玢依旧嘻嘻哈哈，一面看电视，一面有一搭没一搭地斗嘴。就在这时候，外面一阵汽车喇叭响。宛露惊觉地看看手表，像从梦里醒来一般，迷糊地说：

"叫他十点钟来，才八点多，他就跑来了！"

"还不是你太迷人吗？"玢玢笑着说，"人家是一日不见，如隔三秋，你这位老公啊，是一分不见，如隔三秋呢！"

"谁说的！"兆培调侃道，"根本是一秒不见，如隔三秋呢！"

友岚在大家的取笑声中跑了进来，和段太太打了招呼，他笑嘻嘻地说：

"谁说我是一秒不见，如隔三秋？未免太小看我了！"

"怎么？"兆培对他瞪眼睛，"要不然，追了来做什么？"

"接太太呀！"友岚说，"我说你太小看我了，是说'如隔三秋'四个字有欠妥当，老实说，我是一秒不见，如隔一百秋呢！"

"呵！"玢玢笑了，"可真不害臊呢！"

"要命！"兆培笑得跌脚，"这个家伙，把咱们的男儿气概全给丢光了！"

"我可不觉得，爱自己的太太，有什么丢脸的地方！"友岚说，眼光已对宛露投了过去。

宛露再也无法在这一片笑语声中逗留下去，站起身来，她望望段太太，说了声：

"妈，我走了！"

"快走吧！"兆培说，"你再不走，友岚就变成老头子了，一秋是一年，一百秋是一百年，你晚走几分钟，他就会变成几千几万岁的老公公了。”

段太太一直送到门口来，扶着门，她虽然脸上带着笑，却心事重重，注视着宛露，她语重心长地说：

“宛露，好好地爱惜自己啊！”

上了车，友岚发动了车子，他一只手操纵着方向盘，另一只手伸过来，紧握住宛露的手。宛露不说话，她的眼光直直地看着车窗外面，无法把思想集中，她觉得自己仍然像一片轻飘的云，飘在茫茫然的夜空里。友岚悄悄地看了她一眼，没问一句话，他只是闷着头开车。好久好久，忽然间，车子刹住了。宛露一惊，才发现车子停在圆山忠烈祠的旁边。

“到这儿来做什么？”她朦胧地问。

友岚把车子熄了火，转过身子来，正对着宛露，他的眼光锐利而深沉。

“要问你一句话！”他低沉地说。

“什么话？”

他用双手转过她的身子来，使她面对着自己，他深深地看她，深深地、深深地，那眼光似乎要穿透她，看进她灵魂深处去。

“宛露，你还是我的吗？”他哑声问。

她抬眼看他，觉得在他那深沉而了解的目光下永远无法遁形，他像一个透视镜，自己在他面前，是通体透明的。她挣扎了一下，眼里有着迷惘的悲凄。

“我不知道。”她轻声说，“我觉得我是一片云，而云是飘然无定，不属于任何人的。”

他看了她很久很久。然后，他轻轻地把她拉进了怀里，用胳膊温柔地环绕住她，他那粗糙的下巴，贴在她的鬓边。他轻声地说：

“如果你还在不知道的阶段，那么，我就还没有完全失去你，对不对？宛露，看过《太空仙女恋》那个电视剧吗？”

“看过。”

“金妮是一股烟，有个瓶子可以把她收起来，当她的主人需要她的时候，她从瓶中出来，变成美女。宛露，我也要用一个瓶子，把你这片云装起来。”

“哦！”她无助地问，“你的瓶子在哪里？”

“在这儿！”他把她的手压在他的心脏上，她立即感觉到他的心跳，震动了她的手掌，像一股电流传进她的心中。于是，她依稀恍惚地觉得，自己这片云，真的被他收进他的瓶子里去了。

17

　一夜都是恍恍惚惚的，实在无法沉睡。宛露平躺着，不敢动，也不敢翻腾，怕稍一移动身子，就惊醒了友岚。这样无眠地躺着，最后连背脊肩膀和手臂都觉得酸疼。当天快蒙蒙亮的时候，她依稀睡着了。她梦到一张好大的蜘蛛网，自己像一只小小的飞蛾，正扑向那张巨网。在一阵惊惧中，她震动了一下，醒了，满身、满额都是冷汗。她闻到一阵淡淡的香烟气息，然后，她发现友岚正坐在床边，一面抽着烟，一面静静地凝视着她。

　"醒了？"友岚安静地问，伸手摸摸她的额，"梦到什么？你睡得很不安稳。"

　"没什么。"她勉强地笑笑，问，"几点钟了？"

　"该起床了，要上班了。"友岚说，熄灭了烟蒂。

　宛露仍然躺在床上，她凝神望着友岚，他似乎很稳重，很沉着，但是，那张深思的脸庞上，却紧压着一层看不见的隐忧，那眉梢眼底，处处带着难以掩饰的苦恼。而那眼睛里面布满了红丝，他也没有睡，想必，他也和她一样平躺着，克制自己不去移动，直到天亮。这样一想，她的心就痛楚地绞扭了。离婚！你怎样对这样一个丈夫去谈离婚？他为什么不打她、骂她、责备她、虐待她，给她一点口实？而现在，她蜷缩在床上，像被收在瓶子里的金妮。瓶子！一个男人要用瓶子装她，另一个男人要用蛛网捉她，她到底是要瓶子还是蛛网？扑向蛛网是扑向死亡，瓶子到底是个安全的所在。躲在瓶子里吧！宛露，安分地待在瓶子里，像母亲一样，做一个贤妻良母！否则，就是你的血液有问题！你的血液真有问题吗？她又心神不定了，又恍恍惚惚了，又一会儿发冷，一会儿发热了。哦！她必须做个决定，她必须！再这样下去，她总有一天会精神分裂！可是，孟樵呢？她抛得开他吗？抛得开吗？

"嗨！"友岚已经盥洗完毕，穿好了衣服，站在床边望着她，他故作轻快地喊，"懒人！你还不起床，要迟到吗？当心杂志社炒你鱿鱼！"

她注视着友岚。

"我想，"她吞吞吐吐地说，"我还是辞职吧！待在家里，不要上班比较好！"

"起来！"友岚一把拉起她的身子，他的脸涨红了，眼睛亮晶晶地盯着她，"为什么要辞职？为什么不去上班？你跟我讲过一大堆要上班的理由，我认为你言之有理！好好一个工作，凭什么要丢掉？"他用手臂圈着她的身子，直直地看着她的眼睛，声音压低了，低沉而果断，"我不要你逃避，更不想囚禁你，如果我囚禁了你的人，也无法囚禁你的心，我想过很久很久。所以，你必须自己面对这份选择，如果你属于我，是连你的人，带你的心，我不要你的躯壳！去吧！宛露，去梳洗换衣服，从今天起，我也不接送你上下班，你是你自己的主人！"

"友岚！"她惊愕而无力地喊，"你——你不是要用个瓶子把我装起来吗？"

"是的，瓶子在这儿，问题是你愿不愿意进去！"

宛露看了看友岚，她终于了解到，他是准备完全让她自己去面对这问题了。你不能两个男人都要！你只能要一个！天哪！她冲进浴室，放了一盆冷水，把自己整个发烧的脸孔，都埋在那冰冷的水中。

梳洗完毕，她折回卧室，发现他还站在窗前抽烟，他的脸对着窗子，背对着她，听到她的脚步声，他没有回头，却静静地喊了一声：

"宛露！"

"嗯？"她被动地应了一声。

"我要告诉你一句话。"

"什么话？"她无力而受惊地。

"你是自由的。"他清清楚楚地说，"我想了一整夜，如果我今天用一张婚约来拘束你，这是卑鄙的！我还没有那么古板！所以，如果你真想离开我，只要你开口，我不会阻止你！我会放你自由，我给你五分钟时间考虑，只要你开口！"

她惊愕地站住了，睁大了眼睛，她的心脏狂跳着：开口！开口呀！她的内心在狂叫着。你不是要离开他吗？你不是爱孟樵吗？那么，你还等什么？他给你自由了，只要你开口！对他说呀！你要离婚，对他说呀！你说呀！

他倏然回过头来，他的眼睛里闪烁着光芒，脸色因等待而变得苍白，他凝视她，微笑了。

"我等了你五分钟，你开不了口，是不是？"他走过来，温柔地挽住她，"宛露！"他的眼光好温柔好温柔，声音也好温柔好温柔，"我知道你还在我的瓶子里，你永远不会晓得，这五分钟对我像五百个世纪！"他用手轻抚她的长发，"我们吃早饭去吧！妈在叫了。"

真的，外面餐厅里，顾太太正直着脖子叫：

"友岚，宛露，你们还不快来吃饭，都想迟到吗？"

他挽着她走出卧室，一切机会都失去了。一种矛盾的、失望的、自责的感觉把她紧紧地抓住了。坐在餐桌上时，她的脸色发青而精神恍惚，拿着筷子，她只是吃不下去。为什么不说？为什么不说？为什么不说？

"宛露！"顾太太惊奇地望着她，"你在做什么？"

她惊觉地发现，自己的筷子，正伸在酱油碟子里猛夹着。顾仰山放下了手中的报纸，对儿子和儿媳妇扫了一眼：

"报上说，有个女人生了个三胞胎！"

顾太太抢过报纸，看着。

"听说玢玢有喜了，是吗，宛露？"

"是的。"

"你们两个呢？"顾太太笑吟吟的。"在我们家里，总用不着实行家庭计划吧！"

宛露没说话，只勉强地笑了笑。顾太太再度弯腰去看她：

"宛露，你又在做什么？"

她一惊，才发现自己拿着个胡椒瓶，猛往稀饭里面撒。她颓然地推开了碗筷，神思恍惚地说：

"我吃不下，我去上班了。"

友岚跳了起来。

"还是我开车送你去吧，你脸色不太好，我有些不放心。像你这样晃晃悠悠的，别给车子撞着！"

宛露走出门的时候，依稀听到顾太太在对顾仰山说：

"仰山，你觉不觉得宛露这孩子越来越不对劲了？成天昏昏沉沉恍恍惚惚的？"

"我觉得，"顾仰山在说，"不只宛露不对劲，咱们的儿子也不太对劲呢！"

"或者，这婚事还是太鲁莽了一些……"

友岚显然也听到了这些话，他及时发动了车子，马达声把所有的话都遮住了。人，怎么这么奇怪呢？该听到的话常常像耳边风般飘过，不该听到的话却反而听得清清楚楚。友岚把她一直送到杂志社门口，才低声说了句：

"宛露，我从没有后悔娶你。"

她下了车，抬眼看他，默然不语。

他伸手抚摸了一下她的头发。

"你是个好妻子，好爱人，是我从小就渴望娶作太太的女孩！我永不会后悔娶你！”

她凝视着他，他发动了马达，车子开走了。

她走进了办公厅，坐在位子上，她心神越来越迷糊了，她做错每一件事情，打翻了墨水瓶，弄撒了大头针，又用订书机钉到自己的手指。然后，孟樵的电话来了：

“宛露，你跟他说了吗？”

“我……没有。”她无力地。

“你为什么不说？”他吼着，几乎震聋了她的耳鼓，“你不是答应了要对他说吗？你不是说你妈会对他说吗？你为什么不说？”

“我妈不肯说。”她努力集中自己的神志，“我……说不出口。孟樵，请你不要再逼我，我已经快要崩溃了。”

她挂断了电话。五分钟后，孟樵的电话又来了。

“宛露，我要见你，我们当面谈！”

“不不，”她挣扎着，“我不见你！”

“你变了卦？”孟樵的声音恼怒地、不信任地、痛楚地响着，“你又改变了？你像一个钟摆，一下摆向这边，一下摆向那边，你难道没有一点自己的意志和思想？你难道对自己的感情都弄不清楚？在森林里，你自己说过什么话？你还记得吗？你承认你爱的是我，你承认你一直迷了路，你答应了要回头！言犹在耳，你就忘了吗？你还是那个天不怕地不怕的女孩吗？你连追求感情的勇气都没有了吗？你怎么如此懦弱无能又毫无主见？你简直让我失望，让我伤心，你可恶透顶……”

她一语不发地挂断了电话，把头埋在手心里。泪水从指缝里沁了出来。电话铃立即又响了，她吓得直跳了起来。又是孟樵！

"宛露，"他急急地、迫切地喊着，"别挂电话，我求你！我道歉，我认错，刚刚我不知道在说什么，我鬼迷心窍，我胡言乱语！我只是慌了，乱了！宛露，我要见你，非见你不可……"

哦，这种日子是过不下去了！宛露跳了起来，同事们都眼睁睁地看着她。怎么了？难道自己多了一只手还是多了一只脚吗？她摔掉了电话，拿起皮包，转身就奔出办公厅，一直奔下那回旋的楼梯，奔到门廊，她一下子和一个人撞了个满怀，那人立即紧紧地握住了她的手，她仰头一看，大吃一惊，是孟樵！她惊愕地张大嘴，怎么也没料到，他是从楼下打电话上去。她哼了一声，无力得要晕倒。老天！她怎么永远逃不开他？

"放开我！"她哑声说，"我要回家去！"

他抓牢了她，把她半拖半拉半提地带出了杂志社，由于她的身子东倒西歪，他放弃了停在门口的摩托车，伸手叫了一辆计程车。

"你要做什么？"她问。

"和你谈个清楚！"他闷声说。

"我不和你谈！"她挣扎地，"我想过了，我已经不属于你了，也不可能属于你了，我不和你谈！放开我！"她的眼神狂野而迷乱，"我不要跟你走，我已经被人装进瓶子里去了，我要留在我的瓶子里！"

"你这个三心二意的傻瓜！你根本不知道你要追求些什么！"孟樵说，他的眼光是凌厉的、粗暴的、热烈的而强迫性的，"你跟我上车，"他把她拖上了车子，完全用的是蛮劲。

到了车上，宛露还在挣扎，孟樵死命用手按住她，她眼看已经无可奈何，车子如飞地往前驰去，她被动地把头仰靠在靠垫上，问：

"你要带我到哪里去？"

"去我家！"

"我不去！"她尖声大叫，"我不要见你妈！"

"别叫！"他用手堵住她的嘴，"我妈早上都有课，家里没有人，只有去家里，我才能和你谈！"

"我不要去！"她挣扎着，"你绑架我！"

"我绑架也要把你绑了去！"孟樵固执地吼着。前面的司机不知道他们是怎么回事，不住回头张望，孟樵对那司机低吼了一声："开你的车，别管我们的事！"

司机不敢回头了，车子往前急驰而去。

宛露抬头望着孟樵，她的眼光愤怒而狂野。

"你就不肯饶过我吗？你一定要置我于死地吗？天下的女人那么多，你为什么不去找？一定要认定了我？"

孟樵紧闭着嘴巴不说话，车子到了，他付了钱，又死拖活拉地把她拉下了车，开了大门，他再把她一直拉进了客厅里。一见到这客厅，宛露许许多多的回忆就像风车般在脑子里旋转起来，虽然孟樵的母亲不在，她却仍然打了个冷战，那钢琴，那沙发，那餐桌，在在提醒她往日的一点一滴。转过身子，她就想往门外跑，孟樵一把拉住了她，叫着说：

"宛露！宛露！你帮个忙吧！用用你的思想，用用你的头脑，你不能像个钟摆一样左右摇！你只能属于一个男人！如果你还爱我，跟着他是三个人的毁灭！你难道不懂吗？不是我不饶你，宛露，不是我要置你于死地，是你要置我于死地！没有你，你叫我怎么活下去？"

"我不听你！我不听你！放开我！让我走！"宛露尖声大叫着，拼命挣扎，头发乱了，衣服也皱了，她的脸涨得通红，眼光闪烁着一种野性的、像负伤的母豹般的光芒。"我已经准备安定下来，你就来破坏我！你这个浑蛋！你这个流氓！你不知道我已经嫁了吗？我已经姓了别人的姓了吗？我已经被别人装进瓶子里去了吗？你放开我！放开我……"

他们开始扭成一团，他把她推到沙发上，拼命想要让她安静下来，她却拼命想要跑出去，当体力再也无法支持的时候，她忽然张开嘴，隔着衬衫，对着他的手臂死命咬了下去，他不动，瞪视着她，她觉得周身冒着火焰，自己整个人都要发狂了，她把这多日来的抑郁、悲愤、苦恼、无奈……全发泄在这一咬上。她的牙齿深陷进他肌肉里，她用力咬紧，然后，她看到那白色的衬衫袖子上沁出了红色，她一惊，醒了过来，松开嘴，她愕然地望着他。迅速地，她拂开他的衣袖，去查看那伤痕，两排整齐的牙齿印，清清楚楚地印在那手臂上，像一个烙痕。血正从伤口里很慢很慢地沁出来，那是一个圆，牙齿印所刻成的圆，周边是一圈齿印，中间是一团淤紫。她望着，望着，望着，泪雾模糊了她的视线。

"要再咬一口吗？"孟樵静静地说，"这是个圈圈，是你给我的一个烙印，我但愿它永不消失，那么，就表示我永远属于你！"

她对那伤口注视了好久好久，眼泪滴在那个圈圈上。然后，她把整个面颊都依偎在那个圈圈上，她的面颊上遍是泪痕，那圈圈也被泪痕浸透。她紧倚着他，头发披在脸上，被泪水所濡湿，她只是这样靠着他，不动，不说话，也不哭出声音来。半晌，他拂开了她的长发，把她的头扶了起来，她的面颊上染着血迹，眼光依然清亮，只是，眼底的那抹狂野，已经被一种无助与痴迷所取代了。她那白皙而又消瘦的面颊上，又是泪痕，又是血痕，又是发丝，看来是狼狈而可怜的。他细心地把她每根发丝都理向脑后，再用手指拭去那血迹。在他做这些事的时候，她只是被动地凝视着他，那长睫毛连闪都不闪一下，她那悲凄而无助的眸子里充满了一份无可奈何的哀愁与热情。

"我昨夜做了一个梦，"她轻声说，语气悲凉而苦涩，"梦到你是个好大的蜘蛛网，而我是个小小的飞蛾，我扑向了你，结果扑向了死亡。孟樵，"她望着他，"你说过，爱的本身，有时候也会杀人的。"

他心中一凛，立即想起自己也曾把母亲对他的爱，形容成一张蜘蛛网，难道他对宛露，也同样是造了张蜘蛛网吗？他凝视着宛露，那样小小的、哀愁的、无奈的，蜷缩在沙发中，真像个等待死亡的小飞蛾！他闭了闭眼睛，由于内疚，更由于恐惧，他额上冒出了冷汗。他恐惧了，他真的恐惧了，第一次，他那么恐惧自己对她的爱，会对她造成伤害。

"宛露，"他深深地凝视她，立即感染了她的悲哀，"你真的觉得我是一张有毒的蛛网吗？"

"是的。"

他低下头，沉思了很久很久。

"他呢？他是什么？"他问。

"你说友岚？他是个瓶子，他说的，他要用瓶子装住我，因为我是片会飘的云，所以他必须装住我。"

"他装住了吗？我是说，你喜欢待在那瓶子里吗？"

"我不知道。"她软弱而困惑，"我真的不知道。记得我们刚认识的时候吗？那时的我好快乐，我说我是一片云，因为觉得云又飘逸，又自由，又潇洒。而现在，我还是一片云，却是片飘荡无依的云，一片空空洞洞的云，一片没有方向的云。"

他注视着她。一刹那间，往日的许多回忆，都像影片般从他脑海里映过：街上踢球的女孩，满身撒满黄色花瓣的女孩，总是为任何一句话而笑的女孩，走路时都会轻飘得跳起来的女孩……那个女孩到何处去了？短短一年多的时间，那个女孩已经不见了，消失了。取而代之的，竟是现在这个蜷缩在沙发上的、充满迷惘和无奈的小飞蛾！自己是张蛛网吗？是自己把那个欢乐的女孩谋杀了吗？而现在，自己还要继续谋杀这个小飞蛾吗？他用手支住了额，声音低哑而沉闷：

"我懂了，我可能是有毒的，也可能是一张蛛网。宛露，如果你真觉得那个瓶子里才是安全的所在，我——"他费力地、挣扎地、艰涩地吐了出来，"我不再勉强你了。你走吧！宛露，逃开我！逃得远远的，逃到你的瓶子里去吧！我不想一次又一次地谋杀你！"

宛露惊愕地望着他，不信任地说：

"孟樵，你把我绑架了来，又要我走？"

"是的，绑架你，是为了爱你，要你走，也是为了爱你！因为，我不要做一张蜘蛛网！你走吧！宛露，这次你走了，我再也不会纠缠你了。只是，你一走出大门，我们之间的缘分也就完全断了。"

她从沙发上坐正了身子，仔细地凝视他。

"我走了之后，你会怎样？"

他迎视着她的目光，勉强地笑了笑，那笑容苦涩而苍凉。

"你关心吗？那么，让我告诉你，我不会自杀。我以前告诉你那些没有你就会活不下去的话，都是骗人的！事实上，我会好好地活下去，继续做我的工作。若干年后，我会忘掉了你，再遇到另一个女孩，我们会结婚，生一堆儿女。等我老了，如果有人对我提起你，我会说：段宛露吗？这名字好像在什么地方听过。"他的眼眶湿润了，"这就是典型的、人类的故事。你满意了吗？那么，你可以走了，只要考虑你自己，不用考虑我！我会挺过去的！"他咬咬牙，"我总会挺过去的！"

她一瞬也不瞬地望着他，好久好久。然后，她慢吞吞地站起身子，他注视着她，眼神紧张。她刚一举步，他就冲口而出地大叫了一声：

"宛露！你真走？"

她立即站住了。他们两个对视着，紧张地、犹疑地、恐惧地对视着。然后，她骤然地投进了他怀里，用手臂牢牢地抱住了他的腰。

"你挺不过去的！孟樵，我知道！我们都完了，我知道！即使你是一张蜘蛛网，我也已经扑向你了！我不再做钟摆了，我回去和他谈离婚！我答应你！我答应你！我不要你老了的时候记不住我的名字！我不要！"她把头埋进他的肩膀里。

他长长地吐出一口气来，眼眶完全湿了。

18

宛露回到家里的时候，又是午夜了。

孟樵一整天没有放松她，为了固定这个"钟摆"，也为了舍不得离开这个"钟摆"，他和她一起吃的午餐，又骑着摩托车，去郊外逛了一个下午，没有固定的目标，他们只是在荒郊野外走着。不知怎的，虽然她已经给了他保证，他仍然觉得她是不可靠的，仍然觉得每一分钟的相聚都弥足珍贵，似乎一旦放走了她，他这一生就再也见不到她似的。自从有了"蛛网"的譬喻以后，他就觉得她已经攻入了他最弱的一环，每一下的凝视，每一次目光的相遇，他都会感到心中一紧。他会自问：我这样做对吗？我是蛛网吗？我会缠绞她到死为止吗？这种怀疑，这种自责，这种内疚，这种恐惧，以及对她的渴求和爱，造成一股庞大的、交战的势力，在他心中对垒，以至于他失去了一贯的自信，而变得脆弱、易感，而且患得患失了。

　　她呢？她像一片游移的云，悠悠晃晃，整日都神思不属。晚上，他应该去报社上班，他突然觉得有种强烈的预感，今晚放走了她，就会永远失去她了。因此，他带着她去报社转了一圈，交掉了早就写好的访问稿，再带她去雅叙，他不肯放走她，不敢放走她，坐在那儿，他燃起一支烟，只是静静地、深深地凝视她。她缩在那高背的沙发中，缩在靠墙的角落里，瘦瘦小小的、神思恍惚的脸上，她始终带着种被动的、听天由命似的表情。这一天，她好乖，好顺从，好听话，和以往的她，似乎换了一个人，她像一个缴了械的斗士，不再挣扎，不再抗拒，不再作战……她只是等待命运的宣判。她这种逆来顺受似的表情，使他不安了。他问：

　　"宛露，你在想什么？你又动摇了吗？"

　　"不。"她看了他一眼，就掉转眼光，望着那杯咖啡冒的热气，"我不能再动摇了，是不是？何况，我到现在还没有回去，家里一定已经翻天了，任何要来临的事，我都已经无法避免了。"

　　"他会刁难你吗？他会折磨你吗？他会给你气受吗？要不要——我去对他讲？"

　　她抬起眼睛来凝视他。

　　"你有什么立场去对他讲？"她问，摇了摇头，"不。我要自己去面对这件事情。他不会折磨我，因为——他是个君子。"

　　他伸手摸了摸她的手背。

　　"我抱歉。"

　　"抱歉什么？抱歉你带给我的烦恼、痛苦和爱情？该抱歉的，是那个皮球，它为什么要好端端地滚到我的脚边来？该抱歉的是命运，它为什么要这样捉弄我？该抱歉的是我自己，我没有坚强的意志——或者，"她眼里飞进一片朦胧的雾气，"该抱歉的是生我的人，我根本不该来到这个世界！"

"宛露！"他喊，"请你不要责备你自己！这一切，都该我来负责任……"

"现在来谈责任问题，是不是太晚了？"她幽幽然地说，整个人像沉浸在一个看不见的深谷里，她的声音也像来自深谷的回音，低微、绵邈而深远，"你和友岚像两股庞大的力量，一直在撕裂我，我说不出我的感觉，以前，总以为被爱是幸福，现在才知道，爱与被爱，可能都是痛苦。我不知道我这个人存在的价值，我迷糊了，"她轻叹了一声，望着桌上的小灯，"你知道吗？我叫很多人'妈'，我的生母，我的养母，嫁给友岚之后，叫他母亲也是妈，那么多妈妈，我却不知道我真正的'妈妈'是谁。我的生母和养母抢我，你和友岚也抢我，我该为自己的存在而庆幸吗？我被这么多人爱，是我的幸福吗？为什么我觉得自己被撕碎了，被你们所有的人联合起来撕碎了。我真怕，我觉得自己像个小瓷人，在你们的争夺下，总有一天会被打破，然后你们每个人都可以握住我的一个碎片。那时候，你们算是有了我，还是没有我？"

他激灵灵地打了个冷战。

"宛露！"他寒心地喘了口气，"请你不要用这种譬喻！我告诉你，只要你冲破了这一关，以后都是坦途！我会用我的终生来弥补这些日子给你的痛苦！我保证！我要给你一份最幸福最美满的生活！以后的日子里只有欢乐，没有苦恼，你会恢复成往日的你！那个采金急雨花的你，那个对着阳光欢笑的你！我保证！宛露！"

"是吗？"她的声音依然深幽，"你母亲呢？经过了这一番折腾，在她心目里，我更非完美无瑕了！往日的我，尚不可容，今日的我，又该如何呢？"

"你放心，宛露。"他诚挚地、恳切地、坚定地说，"如果我能重新得到你，我母亲一定会尽全心全力来爱你，因为，只有我知道，她对以前的事有多么后悔！多么急于挽救！"

"不过，也没关系！"她神思恍惚地说，"以前的错误也不是她一个人的。就像我妈妈说的，我又要自尊，又要爱情，是我的错！我是个贪心的、意志不坚的坏女孩！或者，我生来就是个坏女孩！"她的神思飘到了老远老远，她开始出起神来，眼睛直直地瞪着。

"宛露？"他担忧地叫，"你好吗？你在想什么？宛露？"他用手托起她的下巴，"你好苍白，你不舒服吗？你到底在想什么？"

她回过神来。

"我在想——"她沉吟地说，"那个采金急雨花的女孩！我在想她到哪里去了。"她低下头去，有两滴水珠滴在桌面上，她低低地、喃喃地念了两句诗："弃我去者，昨日之日不可留！乱我心者，今日之日多烦忧！"

他焦灼地再托起她的下巴，紧盯着她的眼睛。

"你哭了？"他问，"宛露，求你不要这样吧！你这种样子，弄得我心神不安，我怎么放心让你走开？宛露，我告诉你，未来都是美好的，好不好？你听我的！我不会骗你！"他凝视她，"宛露，如果你真开不了口，我不强迫你去做……"

"不不！"她很快地摇摇头，像从一个梦中醒过来一般，"我没哭，只是有水跑进我的眼睛里。好了，我也该回去了。你放心，我会和他谈判！"

"我明天整天等你的消息！"他盯着她，"你打电话给我，白天，我在家里，晚上，我在报社！"

"我知道了。"她站起身子，凝视着他，"你老了的时候会忘记我的名字吗？如果你真忘了，只要记住一件事，我是一片云！"她顿了顿，侧着头想了想，"你知道爸爸为什么给我取名叫宛露吗？我后来想明白了，他们以为带不大我，就取自曹操的诗：对酒当歌，人生几何？譬如朝露，去日苦多！"

"宛露，"他不安地说，"你是不是真的很好？你有没有不舒服？你——"他说不出来，只是瞪着她，不知怎的，他有种要和她诀别似的感觉，"你——你不会想不开吧？"他终于问了出来。

"我？"她挑了挑眉毛，"我像吗？不！我相信你！我们还要共度一大段人生，等我们老了的时候，"她泪汪汪地看着他，"我们一起来回忆今天！因为，今晚，会是我最难过的日子！"

他注视着她。

"对不起，宛露。"

"对不起什么？"她问。

"对不起我太爱你，对不起我不能失去你，对不起我没有好好抓住你，对不起我让你受这许多罪。"

她含泪而笑。

"我从没想到，我只是踢了一个皮球，却踢出这么大的一场灾难。"

"不是灾难，"他正色说，"是幸福。"

"是吗？"她笑了笑，笑得好单薄，好软弱，"你们两个都说要给我幸福，我却不知道幸福藏在什么地方。"

他们走出了雅叙，迎面就是一阵冷风，天已经凉了，几点寒星，在天际闪烁。他依稀想起，也是这样一个晚上，他们走出雅叙，而后，他吻了她。从此，就是一段惊涛骇浪般的恋情，糅合了痛楚，糅合了狂欢，糅合了各种风浪，而今，她会属于他吗？她会吗？寒风迎面袭来，他不自禁地感到一阵凉意。送她到了家门口，已经是午夜了。

她回头再依依地看了他一眼。

"再见！"她说。

"宛露，"他不由自主地说，"你还是钟摆吗？"

"我还是。"她说，"可是，你是一块大的磁铁，你已经把钟摆吸住了，你还怕什么？"

开了门，她进去了。

走进客厅的时候，她以为顾太太和友岚一定会像上次一样，坐在客厅里等她，她心情仍然恍惚，头脑仍然昏乱，但是，在意识里，她却固执着一个念头，而且准备一进门就开口。可是，出乎意料，客厅里是空的，只亮着一盏小壁灯，显然，全家都睡了，居然没有人等她！她下意识地关掉了壁灯，摸黑走进自己的卧室。开了门，她就发现卧室里灯光通明，友岚仰躺在床上，正在抽烟，床边的床头柜上，有个小烟灰缸，已经堆满了烟蒂，满屋子都是呛人的烟气。

她笔直地走到床边，注视着友岚。友岚的眼睛大睁着，紧紧地盯着她。他继续抽着烟，脸上一点表情都没有。

"友岚，"她开了口，"记得你早上说的话吗？"

"什么话？"他从喉咙深处问了出来。

"你不会用婚约来拘束我，如果我要离开你，我就可以离开你。"她清楚地、一个字一个字地吐了出来。

他凝视着她，仍然躺着，仍然抽着烟，从他脸上，丝毫看不出他心里在想些什么，可是，房间里已经逐渐充满了一种暴风雨来临前的宁静。风吹着窗棂，簌簌作响，他的香烟，一缕缕地往空中扩散。她站在那儿，手中的皮包已经掉在地上，她没有管，只是定定地看着他，他也定定地看着她。终于，他把一支烟都抽完了，抛掉了烟蒂，他翻身从床上坐了起来，他的眼睛里燃起了火焰。第一次，她发现他也有狂暴的一面。

"是的！"他大声说，"我说过，你要怎样呢？"

"我要——离——"

"我先警告你！"他猛地叫了起来，打断了她，脸色一反平日的温文，他苍白而凶猛，像个被射伤了的野兽，在做垂死的挣扎，"我对你的忍耐力已经到边缘了！我也是人，我也有人的感情，有人的喜怒哀乐，你不要以为我纵容你，我忍耐你，我对你和颜悦色，你就认为我没有脾气，我是好欺侮、好说话的了！你今天如果敢说出那两个字来，我就无法保证我会对你做出什么事来！”

“你变了卦？”她无力地问，凝视着他，“早上你才说过，如果我想离开，只要我开口！”

“早上！”他大叫，“早上已经是过去时了！我给了你五分钟考虑，你没有开口！现在，太晚了！”他紧盯住她，伸出手来，他摸索着她的手臂，摸索着她的肩膀，一直摸索到她的脖子，他咬牙切齿地说，“显然，对你用柔情是没有用的！对你用温存也是没有用的！对你用耐心更是没有用的！你今天又去见他了，是吗？在我这样的宠爱、信任及忍耐之下，你依然要见他！宛露，宛露，你还有没有人心？有没有感情？有没有思想？”他的声音越叫越高，他的手指在她脖子上也越来越用力。

“放开我！”她挣扎着。

“放开你？我为什么要放开你？”他怒吼着，“你是我的太太，不是吗？放开你，让你跟别的男人去幽会吗？你喜欢粗暴刚强的男人，是吗？你以为我不会对你用暴力吗？”他用力捏紧她，眼睛里布满了红丝，他的样子似乎想把她整个吞下去，他的声音沙哑而狂怒，“我受够了！我受够了！我凭什么要这样一再地忍耐你？宛露，我恨不得掐死你！从小一块儿长大，你对我的个性还不清楚吗？你不要逼我做出后悔的事情来！狗急了也会跳墙，你懂吗？”他的手指在用力，他的眼珠突了出来，他撕裂般地大吼大叫着，“你死吧！宛露，你死了我给你抵命，但是，你休想跟那个男人在一起！你休想！"

宛露无法呼吸，无法喘气了，她的脸涨红了，眼珠睁得大大的。她的头开始发昏，思想开始紊乱，在这一刹那间，她忽然觉得，死亡未始不是一个结束。她不再挣扎，不再移动，只是眼睁睁地看着他。于是，他泄了气，他在她那对大眼睛的凝视下泄了气，在她那逆来顺受下泄了气，他直直地瞪着她，悲愤交加地狂喊：

"为什么我用了这么多工夫，还得不到你的心？既然你不爱我，你又为什么要嫁给我？"他咬牙切齿，"宛露，你是个忘恩负义、无情无信的冷血动物！你滚吧！你滚吧！滚得远远的，让我再也不要见到你……"

他用力地甩开她，用力之猛，是她完全没有防备的，她趔趄着直摔出去，一切发生得好快，她倒了下去，砰然一声，她带翻了桌子，在一阵惊天动地般的巨响声中，她只觉得桌子对她压了过来，桌角在她额上猛撞了一下，她眼前金星乱迸，立即失去了意识。

她一定晕倒了好长一段时间，醒过来的时候，只听到满屋子的人声，她的睫毛眨了眨，勉强地睁开眼睛，她听到顾太太长长地松了一口气，一迭连声地说：

"好了！好了！人醒过来了，没事了！没事了！"

她发现自己平躺在床上，额上压着一条冷毛巾，顾太太正手忙脚乱地在掐她的人中，搓她的手脚。顾仰山不便走进屋来，只是在门口伸着脖子问：

"还需不需要打电话请医生？到底严重不严重？别弄出脑震荡来，我看还是请医生比较好！"

她觉得头晕晕的，四肢瘫软而无力，但是，她的神志清醒了，思想也恢复了，望着顾太太，她抱歉地、软弱地说：

"妈，我没事！不要请医生，我真的没事！"

顾太太仔细地打量她：

"你确定没事吗？宛露？"

"我确定。"她说，"真的。"

"好了，好了，"顾太太从床边让开身子，"总算没闯出大祸来！"回过头去，她严肃地望着站在一边面孔雪白的友岚，"友岚，你发疯了？夫妻吵架，也不能动手的！有什么事不能好好谈？要用蛮劲？你年纪越大头脑反而越糊涂了？如果弄出个三长两短，你预备怎么办？"她再看了宛露一眼，"宛露这孩子，也是我们看着长大的，她不是个不讲理、没受过教育的孩子，你只要有理，有什么话会讲不通呢？"她退向了门口，"好了，你们小夫妻俩，自己好好地谈一谈吧！"

顾太太退出门去，关上了房门，在房门合拢的那一瞬间，宛露听到顾太太长叹了一声，对顾仰山说：

"唉！这真是家门不幸！"

宛露咬紧了嘴唇，到这时候，才觉得额头上隐隐作痛。友岚在床沿上坐了下来，他的脸色比纸还白，眼角是湿润的。他翻开她额上的毛巾，去查看那伤处，额角上已经肿起一大块，又青又紫，他用手指轻轻地抚摸了一下，她立即痛楚地退缩开去。他的眉头紧蹙了起来，眼睛里充满了怜惜与懊悔。

"宛露，"他的声音好低沉，好沙哑，"请你原谅我，我一定是丧失了理智。在我的生命里，我最不愿伤害的就是你！我总以为，我的怀抱是一个温暖的天地，可以保护你，可以给你爱和幸福。谁知道，我却会伤到你！宛露，"他抚摸她的面颊，深深地望着她，"疼吗？"

她不说话，把头侧向了一边，泪水沿着眼角滚了出来，落在枕头上，他用手拭去她的泪痕，轻声说：

"别哭，宛露！千错万错，都是我错。我应该和你好好谈，我不该对你动手！我只是一时气极了！我……我真想不到我会做出这种事来！我道歉，宛露！"

哦！她闭上眼睛，心里在疯狂般地呐喊着：我不要做钟摆！我不要做钟摆！我不要做钟摆！可是，在现在这个情况下，她如何向他再开口？她如何再来谈判呢？而且，额头上的伤处是越来越痛了，整个头都昏昏沉沉的，她无法集中思想，无法收拢那越来越涣散的意志。她觉得自己又在被撕裂，被撕裂……

看到她闭上眼睛，友岚说：

"你睡一会儿吧！我在这儿陪你！"他把那毛巾拿到浴室去，弄冷了再拿来，压在那伤口上。他就这样一直忙着，一直维持那毛巾的冷度。宛露忍无可忍，再也无法装睡，她睁开眼睛来看着他。

"天都快亮了，你也睡一下好不好？我知道你昨夜也没睡，待会儿还要上班！"

他凝视她，嘴角浮起了一个勉强的微笑。

"你仍然关心我，不是吗？"他扬了扬眉毛，眼睛里几乎闪耀着光彩，"放心，我很好，以前赶论文的时候，我曾经有连开五个夜车的纪录！"他用手指压在她眼皮上，"你睡一下，你苍白得让我心痛！"

她被动地闭上了眼睛，心里还在呐喊：我不要做钟摆！我不要做钟摆！我不要做钟摆！但是，嘴里却怎样也说不出离婚的话来。明天再说吧，她模糊地想着，觉得自己软弱得像一堆棉絮，几乎连思想的力气都没有。恍惚中，她只知道友岚一直在忙着，一直在换那条毛巾。她很想叫他不要这样做，很想抓住他那忙碌的手，让他休息下来。但是，她什么都没做，只是被动地躺着，被动地接受他的照顾及体贴。

天完全亮了，阳光已经射进了窗子，事实上，宛露一直没有睡着，她只是昏昏沉沉地躺着，心里像塞着一团乱麻，她无力于整理，无力于思想，无力于分析，也无力于挣扎。当阳光照亮了屋子，她睁开眼睛来，立即接触到友岚深深的凝视。他形容枯槁，眼神憔悴，满脸的疲倦和萧索。当宛露和他的眼光接触的一刹那，他的眼睛亮了亮，一种企盼的、热烈的光彩又回到了那对落寞的眼睛里。他对她微微一笑，那笑容是温柔而细腻的。

"宛露，今天你不要去上班，我会打电话帮你请假，你好好地休息一下。我本来想在家陪你，但是，工地有重要的事，我不能不去，不过，我会提前赶回来！"

难道那些争执的问题又都不存在了吗？难道他预备借这样一场混乱再把它混过去吗？她想问，却又问不出口。忽然间，她想起在学校里念过莎士比亚，她想起那矛盾的哈姆雷特，以及他著名的那句话：做，与不做，这是一个问题！

他仔细地凝视她，似乎在"阅读"她的思想。他的手指轻柔地在她鼻梁上滑下去，抚摸她的嘴唇与下巴的轮廓，他低声而诚恳地说：

"我知道我们之间的问题并没有结束，我并不想逃避它！但是，我觉得我们彼此都需要冷静一下，再仔细地考虑考虑。我很难过，我那个瓶子，原来这么容易破碎！它装不住你！"

她不知所以地打了个冷战。外间屋里，顾太太在叫着：

"友岚！你到底吃不吃早饭？上不上班？"

她想坐起身子，他按住了她。

"别起来，也别照镜子，因为你的额头又青又紫。"他俯下头来，在她额上轻轻地吻了一下，像童年时代他常做的，是个大哥哥！他抬起头来的时候，他眼睛里有着雾气。"昨晚我发疯时说的话，你可以全部忘记，我永远不会勉强你做你不愿意的事。利用这一天的时间，你好好地想一想。"他站起身来，预备离去，她下意识地抓住了他的手，说了句：

"友岚，你没有刮胡子！"

他站住，笑了。

"没关系，建筑公司不会因为我没刮胡子，就开除我，你说呢？"他凝视她，好半天，他才低沉地说，"我总觉得一个大男人，说'我爱你'三个字很肉麻，可是，宛露……"他低语，"我爱你！"

他走了，她望着他的背影，一时间，觉得心如刀绞，自己也不知道为什么会如此心痛。哦！她咬紧嘴唇，在内心那股强烈的痛楚中，体会到自己又成为一个钟摆。摇吧！摇吧！摇吧！她晕晕地摇着，一个钟摆！一片飘流无定的云！

她不知道在床上躺了多久，终于，她慢吞吞地起了床，头还是晕晕的，四肢酸软而无力。屋子里好安静，友岚和顾仰山都去上班了，家里就只剩下了两个女人。顾太太并没有进来看看她，是的，家门不幸！娶了一个像她这样的儿媳妇，实在是家门不幸！她走到梳妆台前面，凝视着自己，身上，还是昨天上班时穿的那件衬衫和长裤，摔倒后就没换过衣服。她下意识地整理了一下服装，又拿起梳子，把那满头凌乱的头发梳了梳，她看到额上的伤处了，是的，又青又紫又红又肿，是好大的一块。奇怪，也是一个圆，也是一个烙印，她丢下了梳子，走出了房间。

客厅里，顾太太正一个人坐在那儿发怔。看到宛露，她面无表情地问了句：

"怎样？好一点没有？"

"本来就没什么。"她低低地说，在沙发上坐了下来，忽然觉得在顾太太面前，她自惭形秽！为什么顾太太不像往日那样对她亲热了，宠爱了？是的，家门不幸！娶了这样的儿媳妇，就是家门不幸！

"宛露，"顾太太注视着她，终于开了口，这些话在她心里一定积压了很久，实在不能不说了，"你和友岚，也是从小一块儿长大的，你们这件婚事，也是你们自己做的主，我们这个家庭，也算够开明够自由的了。我实在不懂，你还有什么不满足？"

她低下头去，无言以答，只喃喃地叫了一声：

"妈！"

"好歹今天你还叫我一声妈，"顾太太凝视着她，点点头说，"你也别怪我把话说得太重了。你是一个结了婚的女人，到底不比你做小姐的时代。固然现在一切都讲新潮，可是，结了婚毕竟是结了婚，传统的道德观念和拘束力量永远存在，你如果想突破这个观念，你就是走在道德轨道之外的女人！在现在这个时代，女人一失足，就再也没有回头的余地。你必须想清楚，我们从未嫌弃过你的身世或一切，你也别让顾家的姓氏蒙羞！"

"妈！"她惊愕地喊，冷汗从额上和背脊上冒了出来。"姓氏蒙羞"！这四个字第一次听到，是孟樵的母亲说出来的！而今，友岚的母亲也这样说了吗？她又开始觉得头晕了，觉得整个心灵和神志都在被凌迟碎剐，但是，顾太太说的是真理，代表的是正气，她竟无言以驳。

"宛露，"顾太太的声音放柔和了，"或者我的话说得太重了，但是，你也是个通情达理的孩子，你该了解一个母亲的心情。我无法过问你们小夫妻的争执，可是我看到我儿子的憔悴……"

电话铃蓦然地响了起来，打断了顾太太的话。顾太太就近拿起了电话，才"喂"了一声，宛露就发现顾太太的脸色倏然间变为惨白，她对着电话听筒尖声大叫：

"什么？友岚？从鹰架上摔下来？在哪里？中心诊所急

救室……"

宛露砰然一下从沙发上直跳起来，鹰架！那只有老鹰才飞得上去的地方！鹰架，刹那间，她眼前交叉着叠映的全是鹰架的影像。她冲出了大门，往外面狂奔而去。中心诊所，友岚，鹰架！她听到顾太太在后面追着喊：

"等我呀！宛露！等我呀！"

她不能等，她无法等，拦住一辆计程车，她冲了上去。中心诊所！友岚！友岚！友岚！车子停了，她再冲出来，踉跄着，跌跌撞撞地，她抓住一个小姐，急救室在什么地方？鹰架！哦，那高耸入云的鹰架！友岚！她心里狂呼呐喊着，只要你好好的，我做一个贤妻，我发誓做一个贤妻，只要你好好的，我躲在你的瓶子里，永远躲在你的瓶子里……她一下子冲进了急救室。

满急救室的医生和护士，她一眼就看到了友岚，躺在那手术台上，脸孔雪白。一个医生正用一床白被单，把他整个盖住，连脸孔一起盖住……

她扑了过去，大叫：

"不！不！友岚！友岚！友岚！"

"他死了！"一个医生把她从友岚身边拉开，很平静地说，"送到医院以前就死了！"

不要！她在内心中狂喊，回过头去，她正好一眼看到刚冲进来，已经呆若木鸡的顾太太。出于本能，她对顾太太伸出手去，求助般地大叫了一声：

"妈！"

这声"妈"把顾太太的神志唤回来了，她顿时抬起头来，眼泪疯狂地奔流在她的脸上，她恶狠狠地盯着宛露，嘶哑地喊：

"你还敢叫我妈？谁是你的妈？你已经杀了我的儿子！你这个女人！"

宛露脑中轰然乱响，像是几千几万个炸弹，同时在她脑子中炸开。她反身冲出了急救室，冲出了医院，仰天狂叫了一声：

"啊……"

她的声音冲破了云层，冲向了整个穹苍。一直连绵不断地，在那些高楼大厦中回响。

尾声

在台北市郊的一座山顶上，"平安精神病院"是栋孤独的、白色的建筑。这建筑高踞山巅，可以鸟瞰整个台北市。在病院的前面，有一片好大好大的草原。

天气已经相当冷了，是暮秋的时节。医院大门前的一棵凤凰木，叶子完全黄了，筛落了一地黄色的、细碎的落叶。寒风不断萧萧瑟瑟地吹过来，那落叶也不断地飘坠。

有两个中年女人走进了病院，一面走，一面细声地谈着话，其中一个，穿着藏青色的旗袍，是段太太。另一个，穿着米色的洋装，却是那历尽风霜的许太太。一个是宛露的养母，一个是宛露的生母。

"据医生说，"段太太在解释着，满脸的凝重与绝望，"她可能终生就是这个样子了，我们也用过各种办法，都无法唤醒她的神志。唯一可以做的，就是给她个安静的、休养的环境，让她活下去。或者有一天，奇迹出现，她又会醒过来，谁知道呢？我们现在只能寄期望于奇迹了。”

许太太在擦眼泪，她不停地擦，新的眼泪又不停地涌出来。

“是我害了她！”许太太喃喃地说。

“或者，是‘爱’害了她！”段太太出神地说，仰头看着走廊的墙角，有一只蜘蛛，正在那儿结网。她下意识地对那张网看了好一会儿，又自言自语地说：“爱，是一个很奇怪的字，许多时候，爱之却适以害之！”

她们走进了一间病房，干干净净的白墙，白床单，白桌子，宛露穿着一身白色的衣服，坐在一个轮椅上。有个医生，也穿着白色的衣服，正弯腰和宛露谈话。抬头看到段太太和许太太，那医生只点了个头，又继续和宛露谈话。宛露坐在那儿，瘦瘦的，小小的，文文静静的，脸上一点表情也没有，眼睛直直地望着前方。

“你姓什么？”医生问。

“我是一片云。”她清清楚楚地回答。

“你叫什么名字？”

“我是一片云。”

“你住在什么地方？”

“我是一片云。”

“你从哪儿来的？”

“我是一片云。”

医生站直了身子，望着段太太。

“还是这个样子，她只会说这一句话。我看，药物和治疗对她都没有帮助，她没有什么希望了。以后，她这一生大概都是一片云！"

"请你们把这片云交给我好不好？"忽然间，有个男性的、沉稳的、坚决的声音传了过来。段太太愕然地回过头去，是孟樵！他憔悴地、阴郁地站在那儿，显然已经站了很久。

"孟樵？"她惊愕地，"你预备做什么？"

"接她回家。"他简单明了地说。

"你知不知道，"段太太说，"她很可能一生都是这样子，到老，到死，她都不会恢复。"

"我知道。"孟樵坚定地看着这两个女人，"请你们把她交给我，或者，我可以期待奇迹。"

"如果没有奇迹呢？"段太太深刻地问。

"我仍然愿意保有这片云。"孟樵沉着地回答。

段太太让开了身子，眼里含满了泪。

"你这样做很傻，你知道吗？她会变成你的一个负担，一个终生的负担。"

"宛露说过，爱的本身就是有负担的，我们往往也就是为这些负担而活着。"孟樵沉稳地说，"把她给我吧！"

段太太深深地注视着他。

"带她去吧！"她简单而感动地说。

孟樵走了过去，俯下身子，他审视她的眼睛，她的瞳仁是涣散的，她的神态是麻木的，她的意识，似乎沉睡在一个永不为人所知的世界里。

"你是谁？"他问。

"我是一片云。"

"我是谁?"他再问。

"我是一片云。"

"记得那个皮球吗?"

"我是一片云。"

他闭了闭眼睛，站起身来，他一语不发地推着那轮椅，把她推出那长长的走廊，推出大门，推下台阶，推到那广大的草原上。一阵晚风，迎面吹来，那棵高大的凤凰树，又飘坠下无数黄色的叶子，落了她一头一身。他低头望着她，依稀仿佛，像是很久以前的"金急雨"花瓣。他脱下自己的外套，披在她的身上，慢慢地、慢慢地，向那草原上推去。

在草原的一角，孟樵的母亲，不知何时就站在那儿了。她像个黑色的剪影，默默地伫立在那儿，默默地望着他们。孟樵推着宛露，从她身边经过，母子二人，只交换了一个眼神，孟太太含着泪，对他微微颔首。于是，孟樵继续推着宛露，向前面走去。三位"母亲"，都站在医院的门口，目送着他们。

孟樵推着宛露，在辽阔的草原上，越走越远，越走越小，终于消失了踪影。

远远的天边，正有一片云轻轻飘过。

——全书完——

一九七六年四月八日黄昏初稿完稿

一九七六年四月十五日午后一度修正

一九七六年四月二十二日晚二度修正

（京权）图字：01-2024-1734

图书在版编目（CIP）数据

我是一片云 / 琼瑶著 . -- 北京：作家出版社，2024.10
（琼瑶作品大合集）
ISBN 978-7-5212-2876-2

Ⅰ . ①我…　Ⅱ . ①琼…　Ⅲ. ①长篇小说 - 中国 - 当代
Ⅳ . ①I247.5

中国国家版本馆 CIP 数据核字（2024）第 097253 号

我是一片云

作　　者：琼　瑶
责任编辑：陈亚利
装帧设计：棱角视觉　纸方程·于文妍
出版发行：作家出版社有限公司
社　　址：北京农展馆南里 10 号　　　　邮　　编：100125
电话传真：86 - 10 - 65067186（发行中心）
　　　　　 86 - 10 - 65004079（总编室）
E - mail: zuojia@zuojia. net. cn
http: // www. zuojiachubanshe. com

字　　数：168 千
印　　张：8.125
版　　次：2024 年 10 月第 1 版
印　　次：2024 年 10 月第 1 次印刷
ISBN　978-7-5212-2876-2
定　　价：39.00 元

品　琼　瑶　经　典

忆　匆　匆　那　年

琼 瑶 作 品 大 合 集

1963 《窗外》

1964 《幸运草》

1964 《六个梦》

1964 《烟雨蒙蒙》

1964 《菟丝花》

1964 《几度夕阳红》

1965 《潮声》

1965 《船》

1966 《紫贝壳》

1966 《寒烟翠》

1967 《月满西楼》

1967 《翦翦风》

1969 《彩云飞》

1969 《庭院深深》

1970 《星河》

1971 《水灵》

1971 《白狐》

1972 《海鸥飞处》

1973 《心有千千结》

1974 《一帘幽梦》

1974 《浪花》

1974 《碧云天》

1975 《女朋友》

1975 《在水一方》

1976 《秋歌》

1976 《人在天涯》

1976 《我是一片云》

1977 《月朦胧鸟朦胧》

1977 《雁儿在林梢》

1978 《一颗红豆》

1979 《彩霞满天》

1979 《金盏花》

1980 《梦的衣裳》

1980 《聚散两依依》

1981 《却上心头》

1981 《问斜阳》

1981 《燃烧吧！火鸟》

1982 《昨夜之灯》

1982 《匆匆，太匆匆》

1984 《失火的天堂》

1985 《冰儿》

1989 《我的故事》

1990 《雪珂》

1991 《望夫崖》

1992 《青青河边草》

1993 《梅花烙》

1993 《鬼丈夫》

1993 《水云间》

1994 《新月格格》

1994 《烟锁重楼》

1997 《还珠格格第一部1阴错阳差》

1997 《还珠格格第一部2水深火热》

1997 《还珠格格第一部3真相大白》

1997 《苍天有泪1无语问苍天》

1997 《苍天有泪2爱恨千千万》

1997 《苍天有泪3人间有天堂》

1999 《还珠格格第二部1风云再起》

1999 《还珠格格第二部2生死相许》

1999 《还珠格格第二部3悲喜重重》

1999 《还珠格格第二部4浪迹天涯》

1999 《还珠格格第二部5红尘作伴》

2003 《还珠格格第三部天上人间1》

2003 《还珠格格第三部天上人间2》

2003 《还珠格格第三部天上人间3》

2017 《雪花飘落之前——我生命中最后的一课》

2019 《握三下，我爱你——翩然起舞的岁月》

2020 《梅花英雄梦之乱世痴情》

2020 《梅花英雄梦之英雄有泪》

2020 《梅花英雄梦之可歌可泣》

2020 《梅花英雄梦之飞雪之盟》

2020 《梅花英雄梦之生死传奇》